再興への道

身代わり若殿　葉月定光7

佐々木裕一

角川文庫
22604

目次

序章

「どけ、道を空けろ」

配下を連れた村上信虎《むらかみのぶとら》は、広島城下から馳《は》せてきた馬を山陽道《さんようどう》に乗り捨て、家来と共に急な石段を駆け上がっていた。

どけと言われた三毛猫が、土塀のてっぺんに飛び上がり、石段を急ぐ三人を迷惑そうな顔で見ている。

背後から飛び上がってきた白い猫にじゃれつかれて、共に走り去った。

石段の途中の、町家の板塀の角から、見張りの家来が出てきた。

その者が頭を下げるのに応じて足を止めた信虎は、山を見上げた。朱色の本堂が紅葉と重なり美しい千光寺《せんこうじ》を一瞥《いちべつ》した信虎は、すぐ下にある瓦《かわら》屋根に眼差《まなざ》しを転じる。

「殿、虎丸《とらまる》様の武勇を聞いて回っていた男が入り、すでに一刻《いっとき》（約二時間）になります」

配下にそう教えられた信虎は、顔をしかめた。

「亀婆《かめばぁ》は、いらんことを言うとらにゃええが」

虎丸を可愛がっていた齢《よわい》七十すぎの亀婆は、尾道《おのみち》はもちろん、大坂《おおざか》にも名が知られた豪商、天亀屋《てんかめや》の元女将《おかみ》だ。

息子で当代の治兵衛《じへえ》が、

「お袋様には、今も頭が上がらん」

と言うほど商才に優れていたが、すっかり商売からは手を引き、この別宅で悠々自適の一人暮らしをしている。

虎丸が尾道にいた頃は、亀婆を慕って入り浸り、亀婆もまた、腹を空《す》かした虎丸に自慢の料理をふるまい、仲良くしていたものだ。

ふと、虎丸が家から出てきそうな気がした信虎は、涙が込み上げる目頭を押さえて、ひとつ大きな息を吐いた。

「奴が何をしているか見てくる。そちたちは、逃げられぬよう見張れ」

「承知」

配下三人を残し、石段を上がった信虎は、別宅の敷地に足を踏み入れ、勝手口に向かった。

食欲をそそるいい匂いがしてきた。

今の時季に絶品の渡り蟹《がに》だとすぐに分かった信虎は、近づくに連れて匂いが増す勝手口に急ぎ、開けられたままの戸口から中を覗《のぞ》いた。

こちらに背を向けて、炊事場で包丁を使っていた亀婆が、

「珍しい人が来た」

見もせずに言う。

こちらを見るのを待った信虎は、手を止めて顔を向けた亀婆に、指を唇に当てて見せ、声を出さぬよう無言で示した。

あからさまに迷惑そうな顔をした亀婆は、それでも応じて、黙って料理作りに戻った。

飯釜《めしがま》の蓋《ふた》を取り、上がった湯気が信虎のほうへ流れてくる。

渡り蟹を丸ごと入れて炊き込んだらしく、醤油出汁《しょうゆだし》と蟹の香りがなんとも旨《うま》そうだ。

よだれを出している時ではない信虎は、そっと足を踏み入れ、座敷をうかがう。

すると、商人の身なりをした若い男が、渡り蟹の塩ゆでにむしゃぶりつき、殻から

身を吸い出していた。

図々《ずうずう》しい男に舌打ちをした信虎は、上がって問い詰めてやろうとしたが、亀婆に袖《そで》を引かれた。

そのまま外へ連れ出され、向き合うと、亀婆は厳しい目を向けてくる。

「虎丸は、江戸《えど》でなんかしたんね」

亀婆は、男の正体を探るために、料理でもてなしていたのだ。

そう察した信虎は、戸口から離れて問う。

「あの男に、虎丸のことをなんじゃゆうて教えた」

「広島の殿様に言われて、江戸の藩邸に行ってしもうたゆうて正直にゆうたが、外を見りゃあ、お前様の家来がおってじゃけえ、なんかわけがあるんか思うてな、渡り蟹を出して足を止めとった。あの人は江戸から来たゆうたけど、虎丸が向こうで悪いことに巻き込まれたんかと訊《き》いてもはっきり教えてくれんのよ。お前様、何か知っとりんさるなら、教えてつかぁさい」

遠くへ行ってしまった虎丸を心配し、目に涙さえ浮かべている。

信虎はそんな亀婆に、虎丸が旗本の当主、葉月定光《はづきさだみつ》の身代わりをしていることなど言えなかった。

「わしらもよう分からん。先月から、虎丸のことを訊いて回る者がおるというのを知って今日まで探しょったんじゃ。広島から来る途中に、怪しい者がここに入ったと聞いて、急いで来たんじゃ」

男を公儀隠密《おんみつ》と疑う信虎は、亀婆を下がらせ、戸口から駆け込んだ。

座敷に上がり、部屋に行くと、そこに男の姿はなかった。

食べ散らかした蟹の殻が盛られた膳《ぜん》を睨《にら》んで出ようとした時、表から怒号が聞こえた。

配下のものと分かり、すぐさま廊下に出た。

「捕らえろ！」

叫んで行こうとしたが、配下は腹を殴られ、屈《かが》んだ背中に肘《ひじ》を入れられて倒れた。

すると、男と配下がつかみ合っていた。

他の二人は、石段に倒れて苦しんでいる。

「待て！」

信虎は怒鳴り、石段を駆け下りたが、遠く離れた曲者《くせもの》は振り向きもせず路地を左に曲がった。

駆け下りた信虎が追って曲がった時には、路地に姿はなく、他の人もいない。

「ええい」

苛立《いらだ》ちの声を吐いた信虎は、亀婆のもとへ戻った。

配下を介抱してくれていた亀婆に走り寄り、片膝《かたひざ》をつく。

「亀婆、他に何を訊かれた」

すると亀婆は、じっと目を見てきた。

「虎丸は舟を操るのが上手《じょうず》かゆうて訊かれたな。強いかとも訊かれたけ、教えてやった。江戸では川賊が出るゆうけえ、わしゃてっきり、虎丸に退治してもらいたいんかと思うたが、どうもそうじゃなげなけ、心配になって、それからは何も言うとらん」

それだけ言えば十分だと思う信虎だったが、何も知らぬ亀婆を責めることはしなかった。

「騒がせてすまんかった。おいお前ら、しっかりせえ、捜しに行くで」

配下を無理矢理立たせた信虎は、亀婆にうなずき、石段を駆け下りた。

まんまと信虎から逃げ切った男は、町中を抜けて西國寺《さいこくじ》へ向かい、境内の奥にある銀杏《いちょう》に駆け寄った。

行商の身なりをした男が太い幹の裏から出てきて、小さくうなずく。

男はあたりを警戒しながら、銀杏の下に立つ上役に歩み寄り、頭を下げた。

「やはり村上虎丸は、江戸に行っております」

上役はうなずいた。

「して、その者の腕っぷしは分かったか」

「はい。船上での戦いを得意とする、村上家伝来の二刀流を極めているそうです」

上役は、したり顔をした。

「今まで集めた情報と照らして、間違いないようだ。我らが、葉月定光の化けの皮を剝《は》いでやろう」

「例の者は、いかがなりましたか」

「案ずるな。承知して、舟で待っておる。ここにはもう用がない。江戸に戻るぞ」

「はは」

二人は連れだって走り、境内から出ていった。

銀杏のそばにあるお堂の戸が開けられたのは、程なくのことだ。

出てきたのは、虎丸の親友佐治《さじ》だ。

用事で尾道に来たはよいが、約束の刻限を間違えてしまい時間を潰《つぶ》そうと中で昼寝をしていたところ、怪しい二人の話し声で目をさましたのだ。

山門から出ていく二人を見ていた佐治は、

「虎丸の奴、江戸でいったい何をしょうるんや」

身代わりをしていることを知るよしもなく、心配した。

そして、両手を腰に当てて考え、何かを思いついたように顔を上げた。

「村上の親父殿に、訊いてみるか」

そう言うと、境内から走り去った。

第一話　広島に帰りんさい

一

　今は亡き若殿、定光の身代わりとなって葉月家を守っている村上虎丸は、一人で寝所に籠《こ》もり、将軍家に小姓として仕える日のために、歩き方、座り方など、武家として恥ずかしくない動きを身に着けようと、何度も繰り返していた。

問題は所作よりも芸州《げいしゅう》弁だと、葉月家家老の竹内与左衛門《たけうちよざえもん》は言うが、虎丸が気にしているのは、代々将軍家のそばに仕えてきた葉月家の当主として恥ずかしくない働きをすること。

　生母を火事で亡くして村上家の養子となり、瀬戸内《せとうち》の海で自由気ままに暮らしていた虎丸は、荒々しく無骨な若者だったが、本人も知らない秘密がある。それは、虎丸の身体に、広島藩主浅野《あさの》綱長《つななが》の血が流れていること。綱長は、徳川家康《とくがわいえやす》の玄孫《やしゃご》。

その子である虎丸は、潮気と日焼けが取れれば、品のある顔立ちをしているのだ。

本番さながらに裃《かみしも》を着け、将軍綱吉《つなよし》が目の前にいるつもりで正座し、平伏し、立ち去る動きを繰り返す虎丸の姿は、どこから見ても立派な若殿だ。

本来なら、広島藩主綱長の子として尾道を含む三万石を封され、三次《みよし》藩に次ぐ分家の大名となっていたのだから、礼儀正しく動けば、おのずと品が出るのだ。

音を立てず、閉められている障子に向かって歩いていた時、

「あっ！　うぐっ、ううぅ」

外で苦しそうな声がした。

何ごとかと思い障子を開けて見れば、用人の坂田《さかた》五郎兵衛《ごろべえ》が、寝所の庭で腹を押さえて苦しんでいる。

虎丸は驚き、

「どがしたん《どうしたのだ》五郎兵衛、まくれ《ころげ》て落ちたんか」

慌てふためいて飛び下り、助け起こしてやる。

五郎兵衛は痛みに顔をしかめながらも、

「殿、芸州弁、芸州弁になっておりますぞ」

息も絶え絶えに言う。

はっとして口を押さえ、あたりを見回した虎丸は、誰もいないことにほっとして、五郎兵衛を気にした。

「どうしたのかと問うている」

言葉を改めて訊《き》くと、五郎兵衛はやっとまともに息ができるようになり、その場に膝《ひざ》をついて座り、大きな息を吐いて言う。

「若殿に急ぎ知らせることがありまして、廊下を走っていたところ、そこの角を曲がった時に足を滑らせてしもうたのです。腹から落ちた時に、運悪く脇差しの柄《つか》で鳩尾《みぞおち》を打ったのでござるよ」

「と、殿、まくれて落ちたは、ないでしょう」

そう言い終えたかと思えば、五郎兵衛はたまりかねた様子で笑いはじめた。

芸州弁はおもしろいと言う。

「五郎兵衛が苦しんでいるのを見て焦り、つい出てしもうた」

虎丸はそう言って、つられて笑った。

「それより五郎兵衛、何を急いでいたのだ」

すると五郎兵衛は、急に真面目な顔をした。

「そうでした。若殿、つい先ほど、奥方様が戻られました」

虎丸は目を見張った。

「月姫《つきひめ》が！　そりゃほんまか、筑前守《ちくぜんのかみ》殿のお許しが出たんか」

「いえ、抜け出して戻ったとおっしゃいますもので、お帰り願おうとしたのですが、殿の妻ゆえ帰らぬとおっしゃり、奥御殿に入られました」

嬉《うれ》しいと思う虎丸は、はっと我に返り、かぶりを振って邪念を払った。

「だめだ、お帰りいただけ」

「焦らずとも、ここはお迎えが来るまでいていただいてもよろしいかと。御家老もそうおっしゃり、奥へ入られることを許されました」

虎丸は焦った。

「竹内らしからぬことだな。勝手に来たのなら、松平《まつだいら》家は今頃大騒ぎのはず、どうなっても知らんで、いや、知らぬぞ」

動揺してつい出てしまう芸州弁を誤魔化し、五郎兵衛を立たせて寝所に戻った。

後を追って入った五郎兵衛が、虎丸が文机《ふづくえ》の前に座るのを待って正座し、顔を見て問う。

「今まで何をしておられたのですか」

虎丸は袴を示した。

「見て分かるだろう。竹内に習《なろ》うたことを繰り返していた」

「おお、さようですか。それはよいことです。まあでも、今の若殿ならば大丈夫でしょう。後は、お言葉遣いにご注意なされればよろしいかと」

「分かっている」

虎丸は素直に応じて、書物を手にした。

（殿中での言葉遣い）

と題した竹内直筆の指南書に目を通しはじめたが、頭に映るのは文字ではなく、あの日、裏路地で初めて出会った時の、月姫の顔。

少し頬を赤らめ、恥ずかしそうな顔をした月姫の、見ているだけで吸い込まれそうなほど美しい瞳《ひとみ》。

ほのかに香ったいい香りも忘れぬ虎丸は、すぐ近くにいても、手を差し伸べることを許されぬ月姫を想い、奥御殿のほうに目を向けた。

気付けば、五郎兵衛がじっと、のぞき込むように顔を見ていた。

「うむ？」

胸のうちを読まれないよう誤魔化して問うたが、五郎兵衛は察しているらしく、神妙な顔をした。

「苦しめることになり、申しわけないと思うています」

「それを言うな。わたしが選んだ道だ」

「されど、お立場を引け目に思われ、生涯、独りを貫かれるおつもりですか。御《お》家《いえ》のためには、いずれ跡継ぎを……」

「五郎兵衛」

「はい」

「柳沢《やなぎさわ》様と五色四郎《ごしきしろう》殿の疑いがある限り、明日が分からぬ身だ。身代わりの疑いが解けるまで、跡継ぎのことは言うな」

五郎兵衛は膝を進めた。

「若殿、聞いてくだされ。御家老とも話したのですが、月姫様とのあいだに御嫡子ができれば、道が開けるのです」

言いたいことは分かる虎丸だが、あえて訊いた。

「どういうことだ」

「跡継ぎができれば、若殿には病を理由に隠居していただけます。そうなれば、身代わりを疑われることも、なくなりましょう」

涙をためて訴えられ、虎丸は何も言えなくなった。

縁者から養子をもらう手もあると言おうとしたが、五色家の者を入れることは、先代諸大夫《しょだいぶ》定義《さだよし》が拒み、亡き定光も望まぬこと。また、定光の母方にも養子にできる者はおらず、葉月家を守るには、虎丸が子宝に恵まれるしかないのだ。

虎丸は、このままばれずにいられようかと言おうとしたが、五郎兵衛の必死の顔を見ていると、言葉に詰まった。

「若殿、うんとゆうてくだされ。月姫を帰さぬとゆうてくだされば、それがしが松平家に走り、筑前守様にお願い申し上げます」

きっと許してくださるはずだと言う五郎兵衛のどこに、筑前守を説得する自信があるのか分からぬ。

「少し、考えさせてくれ」

虎丸は立ち上がり、裃をはずして庭に出た。

池のほとりに行き、しゃがんだ。

蓮《はす》がない水面《みなも》に映る己の顔を見ていると、枯れ葉が一枚落ち、波紋を広げた。それを餌と間違えた若鯉が飲み込み、吐き出して潜っていく。

どこからともなく現れたぬしの黒鯉が、大きな尾ひれを優雅に振り、虎丸の足下をゆっくり泳いでゆく。

ぬしを見つめる虎丸の右目の端で、何かが動いた気がした。

そちらを見ると、真っ白い猫がいた。月姫が可愛がっている雪ノ《ゆきの》介《すけ》だ。月姫が実家にとめ置かれてからは、奥御殿侍女のお静《しず》とお咲《さき》が面倒を見ていた。そのあいだは、庭で見ることがなかっただけに、虎丸ははっとした。

月姫がいるに違いないと緊張した虎丸の背後に、足音が近づいてきた。振り向けば、恩田《おんだ》伝八《でんぱち》だった。

「なんだ、伝八か」

「誰だとお思いでしたか」

探る眼差《まなざ》しに笑みを含んでいる伝八に、虎丸は顔色を変えぬよう気をつけ、立ち上がった。

「五郎兵衛かと思うた」

そう誤魔化す虎丸に、伝八は真顔で歩み寄る。

「若殿、先ほど広島藩から御使者が来られ、これを置いていかれました。尾道から届いた文だそうです」

広島藩の者で、虎丸の秘密を知る者はごく僅《わず》か。

よほどのことに違いないと思う虎丸は、文の裏も見て、伝八と目を合わせた。

「何も書いてないが、誰からだ」

「告げずに、ただお渡し願いたいと申して帰りました」

虎丸は封を切り、開いて驚いた。

「佐治からだ」

「どなたですか」

「尾道におる親友だ」

幼なじみの名に疑問を抱いた虎丸は、伝八に問う。

「どうして佐治が、わたしがここにいることを知っている」

「分かりませぬ。文に書いてあるのでは」

言われてそうだと思う虎丸は、雪ノ介がいた庭から離れて、目を通した。

怪しい者がお前のことを探りに、尾道へ来ていた。虎丸、お前の秘密はおじごから聞いた。そこにいては命が危ない。今すぐ逃げろ。

そう書かれている。

読み終えた虎丸は、信虎が秘密を明かしたことと、佐治の警告に動揺して、伝八を見た。

「いかがされました」

「まずい。ばれたかもしれん。竹内を寝所に呼んでくれ」

虎丸の焦りように、伝八はすぐさま応じて走り去った。

寝所に戻ると、五郎兵衛が待っていた。

「若殿、お考えいただけましたか」

「それどころではなくなった、これを見てくれ」

佐治からの文を読ませると、五郎兵衛は絶句し、見開いた目を虎丸に向ける。

「四郎の仕業でしょうか」

「あるいは、柳沢の手の者かじゃ。逃げぇいうからには、ばれたに違いないで」

「若殿、お言葉……」

「気にしとる場合か」

そこへ、伝八と竹内が来た。

竹内は虎丸に座るよう促し、四人で車座になった。

まずは竹内が口を開く。

「若殿、文を読まれましたか」

「読んだ」

竹内はうなずく。

「わたしには、ご養父殿（村上信虎）から来ました。若殿、天亀屋治兵衛のところで牡蠣《かき》船の用心棒をしている弥介《やすけ》という者をご存じか」

虎丸は、大坂から牡蠣船を守って帰った時に、襲ってきた弥介と戦ったことを忘れもせぬ。

「知っとるよ。奴は食うために海賊をしょった《していた》男じゃ。江戸に来る前の戦いで捕えて、治兵衛に紹介したのはわしじゃ」

「そうですか」

「広島を出る時、奴は改心して真面目に働いとったが、どがした《どうした》ん。弥介に何かあったんか」

竹内は芸州弁を咎《とが》めず、厳しい目を向けて言う。

「公儀の隠密《おんみつ》らしき者が、その者を連れて芸州を出たそうです」

虎丸は目を見張った。

「それはあれか、わしと会わせるためじゃろうか」

竹内はうなずく。

「そうとしか思えませぬ」

　虎丸は顔をしかめた。

「柳沢は、ほんまにしつこい、蛇みたいじゃのう」

　竹内は、いつもの真顔で言う。

「おそらく五色四郎が関わっているはず。若殿、弥介に顔を見られて村上虎丸だと言われれば、逃れようがありませぬ。そうならぬために、今すぐこの屋敷を出てください」

　動揺を隠せぬ五郎兵衛が続く。

「若殿、御家老のおっしゃるとおりです。伝八、支度を」

「はは」

　立とうとする伝八の手を虎丸が引いて止め、竹内に言う。

「あいつはわしを裏切らん。おそらく何も知らんまま、言いくるめられて連れて来らりょうるに決まっとるけ、心配するな。わしが危ないと知ったら、顔を見ても別人じゃいうて言うはずじゃ。慌てんでもええ」

「若殿、気持ちは分かりますが、公儀の者を侮ってはなりませぬ。弥介と申す者とて、江戸まで来ているのですから、金に目がくらんでの同行ならば、顔を見られればまずいことになります」

「信用できんか」

「できませぬ」

竹内はきっぱり言い切った。

虎丸は、五郎兵衛と伝八に顔を向ける。すると二人も、竹内に同感だという目顔でうなずく。

竹内が言う。

「若殿、どうかお聞きくだされ。今のうちに屋敷を出て、とりあえず判太《ばんた》郎《ろう》のところへ身を寄せてください」

「判太郎のところに隠れても、柳沢と四郎からは逃れられんと思うけどの」

「今はそれしか策がありませぬ。妙案が浮かぶまでの時間稼ぎと思うてください」

竹内はそう言って急がせた。

五郎兵衛が続く。

「若殿、策がない今来られては、誤魔化し切れませぬ。お命第一、どうか、お隠れください」

皆の気持ちを無下にできぬ虎丸は、渋々応じるしかなかった。

「分かった。じゃが、ただ逃げたのでは不安じゃけ、少しでも策を考えよう。何か妙案はないか」

虎丸は三人の顔を順に見て言い、応じた竹内は、五郎兵衛と伝八に意見を求め、これからどうするか話し合いに入った。四人は皆、焦りと動揺のあまり注意が散漫となり、秘密の会話を聞いている者が中廊下にいることに、誰一人として気付かなかった。

無地の白い襖《ふすま》の前に立ち、目を見張っているのは、勇気を出して、庭から去る虎丸を追って来た月姫だった。

虎丸たちの話を聞いてしまい、こころに受けた衝撃が大きすぎて、胸元を強くにぎりしめ、身を硬直させている。

その気配に、竹内がようやく気付いた。

し、と言って虎丸の口を止めさせ、廊下を隔てる襖を開けた。

虎丸は、月姫かと思い立ち上がり、竹内を追って廊下に出た。だが、そこには誰もいない。

「気のせいだったようです」

竹内はそう言って、続きを話しましょうと言って中に入った。入り口で待つ竹内つけた。

に応じて部屋に戻ろうとした虎丸は、庭に向かう廊下の端に、空色の着物の袖《そで》を見つけた。

虎丸は竹内に言う。

「屋敷を出る前に、池のぬしに別れを言うてくるので待ってくれ」

竹内は真顔で見ていたが、うなずく。

「お急ぎください」

「うん」

虎丸は襖を閉め、外に向かった。先ほどまで見えていた着物の袖はなくなっている。急いで出て見ると、そこにはすでに、誰もいない。

あたりを捜した虎丸は池まで行き、さらに対岸の築山に歩みを進め、月姫が出入りしていた垣根の下に急いだ。

昨日の夕方降った小糠雨《こぬかあめ》のせいで、土が水を含んでいる。落ち葉で滑りやすいのに気をつけながら行くと、垣根の下に光る物が落ちていた。菊の花を透かし彫りにした銀の簪《かんざし》だった。拾って見て、月姫の顔を思い出した虎丸は、垣根に目を向ける。

板一枚隔てた向こうに、確かな気配があることに気付いた虎丸は、唾を飲み込み、意を決した。

「そこにいるのが月姫ならば、声を聞かせてくれぬか。話したいことがある」

そう声をかけ、返事を待った。

沈黙が、永遠に続くかと思えるほど長く感じる。

だめかと思い、焦っていると、

「ここに、います」

返事がきた。

忘れもせぬ美しい声に、虎丸は悲しくなり、瞼《まぶた》を閉じた。

「話を、聞かれたか」

「…………」

「正直に教えてくれ」

「聞きました」

後悔しても、もう遅い。

「騙《だま》してすまなかった。腹が立つだろうが、どうかこのことは、誰にも言わないでほしい」

「場合によっては、許しませぬ。定光様は、どこにおられるのですか」

気丈な声音に、虎丸はどうするか迷ったが、嘘の上塗りは月姫を傷つけるだけと思い、正直に話すことにした。

「定光殿は、もうこの世にはおられぬ。病に負けてしまわれたのだ」

長い沈黙となった。

虎丸は隙間から見ようとしたが、見えるのは青地の打掛けのみで、顔も、どちらを向いているのかさえ分からない。

「どうして偽ったのか、正直におっしゃってください」

月姫の声で、泣いているのが分かった虎丸は、胸が痛んだ。打掛けが見える隙間にそっと手を当て、月姫を感じて言う。

「この世には、同じ顔の人間が三人いるらしい。わたしは、定光殿に瓜《うり》二つの顔を持って生まれたようだ。たまたま五郎兵衛に見られたのが、この縁のはじまりだった。あるお方から受けた恩を返すためと、葉月家の家臣とその家族たちを守るために、身代わりを引き受けたのだ」

「いつから、わたくしを騙していたのですか」

「わたしがこの屋敷に入ったのは、宝永《ほうえい》四年の初夏だった」

「ようもこれまで、騙してくれました」

厳しい言葉に、虎丸は下を向いた。

「許されぬこととは分かっている。分かっているが、皆のためにも、この家を守りたい。頼むから、言わないでくれ」

「ひとつ、お聞かせください」

「うん」

「嘘が明るみに出れば、そなた様も命がないはず。まことに、恩を返すために引き受けられたのですか」

「わたしを育ててくださったお方のあるじが、先代諸大夫様から深い御恩を受け、今も御家が潰《つぶ》れずにすんでいる。次はこちらが恩を返す番だと言われて、引き受けた」

「そなた様の、ほんとうの名をお教えください」

「それは、勘弁してくれ」

「では、父上にこのことを言います」

「待て、待ってくれ。言えば、黙っていてくれるのか」

「それは……、分かりませぬ」

虎丸は迷ったが、月姫の顔が目に浮かんだ。あの澄んだ瞳には、もう嘘はつきたくない。

「村上虎丸だ」

「虎丸、様」

「愚か者だと思うかもしれないが、これまでここで暮らしてきて、皆のことをほんとうの家族だと思っている。公儀を騙すのは大罪かもしれないが、わたしに望みを託して亡くなった本物の定光殿のためにも、この家を潰したくないのだ。頼む、このことは忘れてくれ」

虎丸はその場に両手をつき、地面に額を当てた。

板が外される音がしたが、虎丸は顔を上げず、平身低頭したままだ。

雪ノ介が、そんな虎丸の頭に身体を擦《こす》り付けてくる。

「父上には、言いませぬ」

間近で声がした。

虎丸が顔を上げると、そこに月姫の姿はなかった。

板のあいだから奥御殿の庭を見ると、月姫は足早に去り、振り向きもしない。

言わぬと言ってくれたことを信じ、安堵《あんど》して立ち上がった。離れようとしない雪ノ介を抱き上げ、

「月姫がお待ちだ」

そう言って奥向きに入れてやり、板を元に戻した。

寝所に戻ろうとすると、池のそばの植木の陰に、腕組みをした竹内がいた。

竹内は、厳しい目を向ける。

「知られてしまったようですね」

虎丸は咄嗟《とっさ》に、首を横に振った。

「姫がおったけ、帰ってくれと言うただけじゃ」

「どうして嘘をつくのです」

「嘘なんかついとらん」

竹内はため息をついた。

「若殿がそうおっしゃるなら、信じましょう。急ぎ支度を、判太郎のところに六左《ろくざ》を走らせ、話を通させています」

応じた虎丸は、寝所に戻った。

二

奥御殿の掃除を指示していた侍女の高島《たかしま》は、庭から戻った月姫を見かけて声をかけようとしたのだが、様子がおかしいことに気付いて歩みを進めた。

「姫様、いかがされたのです」

声に顔を向けた月姫であるが、すぐにうつむき、廊下に上がると、足早に自室へ向かい、障子を閉めた。

追った高島が開けようとしたが、

「一人にして」

初めて聞く月姫の厳しい声に、障子から手を離した。

「姫様、いかがされたのですか。殿にお目にかかれなかったのですか」

問うても返事はない。

尋常ならざることに、高島は障子を開けた。だが、そこに月姫の姿はなかった。

中に入って捜すと、月姫は隣の部屋に入り、屏風《びょうぶ》に描かれた孔雀《くじゃく》に向いて座していた。

その屏風は、月姫がこの屋敷に輿入《こしい》れした日に、先代諸大夫から譲られた物。絵心がある定光の母が描いた物で、定光に輿入れし、奥向きを守る者に与えてほしいと遺言した物だ。高島は、良人《おっと》を想い見ているのだと察して、そっとしておくために離れようとした。すると月姫は、うつむいて、両手を顔に当てた。

背中を震わせて、むせび泣いている。

驚いた高島は、そばに歩み寄った。

「姫様、いかがされたのです」

月姫は答えず、顔も見せず首を横に振る。

高島は横に座し、月姫の背中をさすった。

「庭で殿に何か言われたのですね。姫を泣かせるとは許せませぬ」

定光には一目置くようになっていた高島であるが、月姫が泣いたことに驚き、憤慨し、どういうことか訊くと言いだした。

月姫は高島の手をつかみ、引き止めた。

「定光様には、お会いしていません」

高島は、心配そうな顔をした。

「では何ゆえ、そのように悲しまれるのです」

「父上に黙って戻りましたが、ここにいることを許されぬと思うと、悲しくなったのです」

月姫がうつむき気味に言うと、高島は、安堵の笑みを浮かべた。

「そうでしたか。でも姫様、ご安心ください。わたくし思いますに、お父上は姫様が出られるのを見て見ぬふりをされたはず。ここにいることはきっとお許しいただけますから、元気をお出しください」

「もうよいのです」

「姫様？」

「もう、よいのです」

月姫は二度繰り返し、目元を拭《ぬぐ》って振り向くと、高島に微笑んだ。

無理をした笑みに、真意が分からぬ高島は動揺した。

「姫様、隠さず胸のうちをお明かしください。わたくしは、なんでもいたしますから」

月姫は大粒の涙を一粒流して膝を転じ、孔雀を見つめた。

「帰ります」

「姫様……」

「高島、急ぎ支度を」

いつもより厳しい顔で言う月姫に、高島は素直に従い、人を呼んだ。

町人に扮《ふん》した虎丸は、裏門から出るために屋敷内を歩いていた。すると、奥御殿に通じる木戸が開けられ、駕籠《かご》が出てきた。

竹内が虎丸の腕を引き、作事小屋の陰に隠れた。

「月姫の駕籠か」

問う虎丸に、竹内は静かにするよう合図して、一人陰から出た。

前を通る駕籠に付き添う高島が、片膝をついて頭を下げる竹内に気付いて足を止め、不機嫌な顔で言う。

「月姫様は、これよりご実家に戻られます」

「それがよろしいかと存じます」

真顔で応じる竹内に、高島は一度駕籠を見て、小声で言う。

「お庭から戻られた後、急にお戻りになるとおっしゃいました。お庭で殿にお会いして、何かあったのですか」

高島はそう鎌をかけるも、竹内は真顔で言う。

「さて、それがしは何も聞いておりませぬが、お帰りになられるほうが、月姫様のためになりましょう。そなた様とも、もう二度と、お会いすることはないかと」

よそよそしい言いように、高島は眉間《みけん》に皺《しわ》を寄せる。

「それは、離縁を承知するということですか」

「筑前守様の思《おぼ》し召しとあらば、従うしかござらぬ」

頭を下げる竹内に、高島は怒りを顔に出した。

「そうですか、分かりました。ではそのように、殿にお伝えします。まことに、それでよろしいですね」

「はい」

止めぬ竹内に、高島は顎《あご》を上げてそっぽを向き、駕籠を急がせた。

裏門から出ていくのを見送る竹内。

追って外に出た虎丸は、月姫の駕籠が辻《つじ》を曲がる時に、頭を下げた。

この時、小窓を開けた月姫は、虎丸の姿を見て目を見張り、悲しそうな顔をする。

そうと知るはずもない虎丸は、横に来た竹内に顔を上げた。

真顔を向けもしない竹内は言う。

「ほんとうは、庭で何があったのです」

「…………」

答えずにいると、竹内は顔を向けた。

「やはりばれたのですか」

「心配するな。言わないと約束してくれた」

竹内は珍しく怒気を浮かべた。

「まさか、自分から白状されたのですか」

「そんなわけなかろう、寝所の話を聞かれていたのだ。言いわけするより、正直に話したほうがよいと思った」

「どうして黙っていたのです。知っていれば、屋敷にとめおいたものを」

「そう言うだろうと思うて、黙っとった《ていた》」

竹内は頭《こうべ》を垂れ、すぐに、怒気を浮かべた顔で詰め寄る。

「幕府若年寄の筑前守様に知られれば、我らは終わりですぞ」

「巻き込みとうないんじゃ」

虎丸は思いをぶつけ、竹内の目を見た。

「もう後がないのは、竹内も分かっとるじゃろ。わしが逃げるのに、姫だけ屋敷においとけるか。実家に帰ってくれたほうがええ」

竹内は、月姫が去った路地を見た。

「姫が苦しまぬとお思いなら、大間違いですぞ。若殿は、姫のお気持ちを……」

「言わんでくれ、もう終わったことじゃ」

虎丸は竹内の肩に手を置き、向き合った。

「見送りはここまででええ。何かあればすぐに知らせてくれ」

竹内は眼差しを下げ、小さくうなずいた。

真顔の中に寂しさをみつけた虎丸は、竹内の手をつかんだ。

「言うておくが、自分一人で背負って、死のうじゃことの思うなよ」

念押しすると、竹内はふっと笑った。

「黙って聞いておれば、先ほどから芸州弁がだらだらですぞ」

「すまん、ここには誰もおらぬと思い油断した」

「ご心配なく。死にはしませぬし、ここまで守ってきた御家を、潰しはしませぬ。後のことはおまかせを。さ、早く行ってください」

虎丸は気になって仕方なかったが、竹内の言うことを聞き、行こうと歩みを進めた。直ぐに立ち止まり、振り向いた。

「竹内……」

顔を見る竹内に、虎丸は思うことを言い置いて、走り去った。

見送って戻った竹内は、待っていた五郎兵衛と伝八に、月姫が帰ったことを教えた。

虎丸の正体が月姫に知られてしまったことに、伝八は驚愕《きょうがく》した。

うろたえた五郎兵衛は、落ち着きなく寝所を歩き回り、竹内に詰め寄る。

「まずい、御家老、まずいですぞ」

「落ち着け」

「落ち着いていられますか」

「若殿は、月姫様のご慈悲を信じておられる。我らも信じようではないか」

すると五郎兵衛が、眉間に皺を寄せた。

「そのようなことは分かっております。わしが言うておるのは、お二人のことです。月姫様は、身代わりと知って嫌われましたでしょうか」

「さて、わたしには計り知れぬが、自分の身に置き換えてみれば、騙されていたと思えば腹も立とう」

真顔で答える竹内に、五郎兵衛は悲しそうな顔をした。

「我らは、若いお二人に酷《ひど》いことをしました。若殿と月姫様は、確かに想い合《お》うておられたのですから。この老いぼれには、おなごのこころはとんと分かりませぬ。されど、思うに月姫様は、さぞお悲しみでございましょう」

「言うな、これでよいのだ」

五郎兵衛は、袴《はかま》をにぎりしめた。

「嘘だと白状しなければならなかった若殿の気持ちを思うと、胸が張り裂けそうです」

そう言って男泣きする五郎兵衛の横に座している伝八も、目に涙を浮かべている。

竹内は、膝に置いている手に拳《こぶし》をつくり、力を込めた。

「今それを申しても、どうにもならぬことだ。それよりも、我らはしなければならぬことがある」

「分かっております」

「分かっているなら泣くな。二人とも、気持ちを強く持ってくれ」

五郎兵衛と伝八は、頬を拭って居住まいを正した。

竹内が二人の目を見て言う。

「では打ち合わせたとおり、殿の病を御公儀に届ける。五郎兵衛、これよりお目付役に、文を届けてくれ」

「承知しました。御家老」

「うむ」

「それがしは、とうに腹をくくっております。若殿のお命を救うためならば、なんなりといたす所存」

「それがしも」

続く伝八が、畳に右手をついて身を乗り出した。

「しつこい者を除けとお命じくだされば、斬りまする」

「焦るな」

竹内は語尾を強め、二人の顔を見た。

「わしは悪あがきをするけえ、お前たちも悪あがきせえよ、と、若殿がおっしゃった。ここは落ち着いて、悪あがきをしようではないか」

竹内はそう言い、微笑んだ。

三

廊下を走る音がした。

　江戸城桜田御門《さくらだごもん》内にある上屋敷の居室で、幕府若年寄の執務をしていた松平筑前守近寛《ちかひろ》は、裁可の花押を記した書類を配下の者に渡して、廊下に顔を向けた。

　次の間を挟んだ先の廊下に、小姓が片膝をついている。言わずとも察した筑前守は、将軍家直参旗本である配下の者に私事を聞かせては御上に不忠と思い、

「しばし待っておれ」

　小姓を下がらせ、若年寄の役目を優先した。

　書類を携えた配下の者が帰ったのは、半刻（約一時間）後。外は、雨が降っていた昨日とは一転して、空が夕焼けに染まっている。

　小姓から、月姫が戻ったと報告を受けた筑前守は、奥御殿に急いだ。長い廊下の右側に並ぶ障子が、夕日のあかね色に染まり、そのうちの一枚に、おなごの影が映えている。

　いぶかしみつつ背後から歩み寄った筑前守は、声をかけた。

「お圀《くに》、冷えてきたというのにここで何をしておる」

　驚いて振り向いた側室のお圀が、し、と、唇に指を当て、月姫の部屋にうかがう目を向けながら近づいてきた。

「急に戻ったかと思えば、一言もしゃべらず部屋に籠もり、誰も近づけぬのです」

筑前守は、障子が閉められている月姫の部屋を見て、心配そうなお囲の顔を見る。

「高島は何をしておる」

「姫を案じて、隣の部屋に詰めています」

筑前守はうろたえた。

「まさか、自害するというのか」

「姫に限ってないとは思いますが、念のためだと申して付いています」

「月にとっては、これでよいのかもしれぬ。そっとしておいてやれ」

お囲が、筑前守の顔をまじまじと見てきた。

「お前様、何かご存じなのですか」

「知らん」

「何を慌ててらっしゃるのです」

筑前守は目を泳がせ、背を向けた。

「わしが何を知るというのだ」

「分からぬから、うかごうているのです。姫が葉月家に戻ったと分かった時、殿は、どうなっても知らぬとおっしゃいました。あれは、どういう意味だったのですか」

「そのようなこと、言うておらぬ」

「はぐらかされるとは、知っていると白状されたようなもの。隠さず教えてください」

「知らんと言うたら知らん。どうせ、定光に追い返されたのであろう。きっと傷ついておろうから、目を離すでない、よいな」

「先ほどそっとしておいてやれと、おっしゃったばかりです」

筑前守はまた、目を泳がせる。

「年は取りとうないの」

「お前様、隠さずおっしゃってください」

「いかん、まだ役目が残っていた」

筑前守は逃げるように去った。

顔はすっかり動揺している。もしや姫は、定光の秘密を知ったのではないか。そう思ったからだ。

一旦《いったん》は自分の部屋に戻ったものの、座っても落ち着けず、すぐさま立ち上がり、ふたたび月姫の部屋に急いだ。

廊下にお囨がいるかと思ったが、姿はなかった。

控えている侍女に問うと、月姫が好物のおはぎを自ら作ると言い、台所にいるという。

すぐにできるものではない。

これは都合がよいと思う筑前守は、侍女を下がらせ、月姫の部屋の前に立った。

ひとつ咳《せき》をし、

「姫、入るぞ」

声をかけ、障子を開けた。

月姫は拒むことなく、上座を譲って座りなおし、三つ指をついた。

入れてくれたことに安堵した筑前守は、隣から出てこようとした高島を止め、娘と向き合った。

高島が襖を閉めるのを待ち、二人きりになったところで、月姫に顔を上げさせた。

「泣きはらした顔をしておるが、葉月家で何があった」

月姫はうつむいたまま、弱々しい声で言う。

「父上は、何ゆえ、定光様との離縁を望まれたのですか」

「そなたのためを思うたからだ」

「答えになっておりませぬ」

初めて聞く決意を込めた声に、筑前守はうろたえた。

「婿殿は、御大老格の柳沢様に疎まれ、葉月家の明日が分からぬからじゃ。潰されそうな家に、そなたを置いておくわけにはいかぬ」

すると月姫は、目を見てきた。

「何ゆえ定光様は、柳沢様に目を付けられているのですか」

筑前守は、逆に目を見返し、真意を探ろうとした。だが、月姫は目をそらした。

「月、正直に申せ、葉月家で何があったのだ」

「何も……」

「嘘だと顔に描いてあるぞ」

月姫はさらに、顔を見られぬようにそらした。

「何も知りませぬ」

「定光の秘密を知ってしまった。違うか」

月姫は、父の目をじっと見てきた。

「秘密とは、何ですか」

「それをわしが訊いておるのだ。定光の妻だと啖呵《たんか》を切って帰った者が、半日足らずで戻るとは尋常なことではあるまい。違うか」

「………」

「申せ、葉月家で何を見て、何を知ったのだ」

「戻ったのは、わたくしの気まぐれです」

「そのようなことがわしに通ると思うな。戻ったわけを申せ、何があったのだ」

月姫は黙り込んでしまった。

定光は定光にあらず、何者かが身代わりになっていると薄々思う筑前守は、月姫が正体を知ったのだと推測しながらも、口を閉ざす頑《かたく》なな態度に、動揺した。月姫が心底、偽者かもしれぬ男に惚《ほ》れているのだと、思い知らされた気がしたからだ。

「何があったか知らぬが、戻ったのは、そなたにとってよいことだ。もう二度と、葉月家には近づくな、よいな」

月姫は小さくうなずき、そのまま顔を上げなかった。

「母がおはぎを作っているそうじゃ。楽しみに待っておれ」

そう言って立ち上がり、部屋から出た筑前守の背後で障子が閉められた刹那、月姫の泣き声がした。

神妙な顔をしている侍女に、頼む、と声をかけた筑前守は、定光め、と、胸の中で毒づき、その場を離れた。

表御殿に渡り、自室に戻るべく廊下の角を曲がったところに、白髪頭のほっそりした顔があり、筑前守は目を見張った。

念流《ねんりゅう》の達人で、剣術指南役である岸部《きしべ》一斎《いっさい》が、廊下を塞《ふさ》いで正座し、厳しい目で見上げてきた。

その目顔で、言わんとしていることが分かった筑前守は、庭に向いて立ち、空を見上げた。

「葉月家から姫を連れ戻すなと言うたことを、詫《わ》びにきたのか」

「いえ」

否定する一斎に、筑前守は怒った顔を向けた。

「月は自ら戻り、泣いておる。何も言わぬが、あの様子では定光の嘘を知ったに違いない。行かせなければよかったのだ」

「今一度、定光殿を召してください。それがしが剣にて、白状させまする」

筑前守は驚いた。

「真剣で脅す気か」

「命がけとなれば、まことの力を秘めることはできませぬ。引き出した後に、問い詰めまする」

「なるほど……」

よい手と思ったが、それは一瞬のみ。

「いや、もうよい。月は戻ったのだ。わしは葉月定光を見限る。柳沢様がどのようにされようが、関わらぬ」

「まことに、それでよろしいのですか」

「後悔すると言いたいのだろうが聞かぬ。万が一偽者であれば、いや、月の様子を見ても、おそらく柳沢様が睨《にら》んでおられるとおり、定光は定光にあらず。芸州から来た若侍であろう。そのような者に関われば、月が迷う。よいか、あの者を高く買うそちの気持ちも分からぬではないが、あきらめろ」

場を空ける一斎を見下ろして廊下を戻った筑前守は、自室に入り障子を閉め、文机の前に座してすぐに、苛立《いらだ》ちの声をあげた。

廊下に座したまま目をつむっていた一斎は、目を開け、思うこと有り、という面持ちで立ち上がると、あるじの部屋の前で片膝をついた。

「殿、しばし暇をいただきとうござる」

筑前守は、閉められたままの障子に顔を向けた。

「何をするつもりじゃ」

「武者修行に、行きとうございます」

筑前守は止めようとして、考える顔をした。そして、

「好きにいたせ」

あしらうように言う。

「はは。では」

頭を下げ、立ち去る影を見送った筑前守は、

「あきらめの悪い爺様《じいさま》じゃ」

鼻先で笑い、ふたたび思案の面持ちをした。

四

「虎丸、入るよ」

廊下でした鯉姫《こいひめ》の声に、肘《ひじ》枕をしていた虎丸は起き上がってあぐらをかいた。

障子が開けられ、入る足音がする。

振り向くと、赤地に白の麻の葉模様の小袖が目に映えた。黒地の帯で合わせるのは、鯉姫の好みであろう。帯留めが……。

「ちょっと虎丸、なんで目を合わせんのんね《ないのよ》」

虎丸は、帯留めを指差す。

「瑪瑙《めのう》が高そうじゃの。判太郎にもろうたんか」

そう言って顔を見ると、図星だったらしく、鯉姫は顔を桜色に染めている。

「うちのことはええけほっといて。それよりあんた、月姫にばれたゆうて聞いたけど、ほんまなんね」

「判太郎は、すっかり気を許しとるの」

「うちらのことはええようる《言っている》でしょう」

「うちら……」

「もう！」

腕をたたかれた虎丸は、大袈裟《おおげさ》に痛がって背を向けた。

「虎丸、どうなんよ」

「ほんまよ。ばれてしもうた」

「大丈夫なん」

「月姫は誰にも言わんと信じとるけ、心配もしとらん」

「うちがようるのはそのことじゃないよ。好きだったんじゃろう」

「わしのことならほっといてくれ。これでええと思うとるけ」

鯉姫は眉根《まゆね》を寄せた。

「ほんまに？」

「うん」

「ならええ《だったらいい》けど、身代わりのほうはどうなん、このまま隠れて暮らすわけじゃないんじゃろ」

「今は、こうするしかなかった」

「どうするん？」

「わしをよう知っとるもん《者》を連れて来る思わんかったけ、まだ考えとらん」

「聞いたよ。広島から来るそうじゃね」

虎丸はうつむいた。

「あいつに顔を見られたら、おしまいじゃ」

「公儀にばれたら葉月家は終わりかもしれんけど、虎丸は今日までようやったよ。でも、死ぬことはないと思う。もう身代わりなんかやめて、広島に帰りんさい」

「竹内らを見捨てたまま帰らん」

鯉姫は腰に両手を当てて、呆《あき》れた顔をした。

「死ぬよ、死んだらなんもできんようになるんよ」

虎丸の頭に、竹内、五郎兵衛、伝八、六左、そして家来たち。下屋敷にいる家来たちの顔も浮かんでは消えた。

「皆を見捨てることはできん。殺されるまで悪あがきをしちゃる」

「馬鹿じゃないん」

本気で心配してくれる鯉姫に、虎丸は微笑んだ。

「ありがとの」

鯉姫は驚いたような顔をして、目をそらした。

「何よ、改まって気持ち悪い」

「お前には、いろいろ世話になった」

「やめんさい、今生の別れのようなことは聞きとうない」

「鯉姫」

「…………」

こちらを見ようとしない鯉姫に、虎丸は言う。

「判太郎と幸せになれよ」

「そんな仲じゃない」

「自分の気持ちには、素直になったほうがええで」

　すると鯉姫は、怒気を浮かべた顔で目を見てきた。

「その言葉、そっくりそのまんま返すよ。この大馬鹿者」

　立ち上がり、帰ろうとした鯉姫であるが、出口のところで振り向いた。

「死んだら許さんけぇね、分かった」

「心配するな、柳沢と五色には負けん」

　虎丸が真顔で言うと、鯉姫はうなずき、帰っていった。

　見送った虎丸は、ふたたび横になって肘枕をし、思案を重ねた。

　判太郎が酒肴《しゅこう》を持って来たのは、半刻（約一時間）ほどすぎた頃だ。

　夜になると冷え込むこの季節、熱燗《あつかん》は嬉しい。

　判太郎が膳《ぜん》を虎丸の前に置き、皿を取って差し出した。

「上物の海苔《のり》が入ったから、焼き餅《もち》に包んでもらった。少しは食べたほうがいい」

「すまん」

　虎丸はひとつ取り、口に運んだ。

海苔の香りと醤油《しょうゆ》味の餅がよく合う。

「旨《うま》い」

酒は呑華《のんか》だと言われて、虎丸は、江戸に来たばかりの頃のことを思い出した。

富士屋《ふじや》が仕入れた呑華を運んでいた武蔵屋小太郎《むさしやこたろう》が川賊に奪われたこと、その後一緒に、悪事を働く者を捕らえたのが、つい昨日のように思い出される。

「さすがに、旨いな」

高価な酒に舌鼓を打った虎丸は、判太郎に盃《さかずき》を返し、銚子《ちょうし》を向けた。

酌を受けた判太郎が、一息に飲み干し、虎丸に神妙な顔を向ける。

「竹内様は、定光様の病を御上に届けたそうだ」

「打ち合わせどおりだ」

虎丸がそう言うと、判太郎は納得したような顔でうなずいた。

「それで、妙案は浮かんだのかい」

虎丸は、真顔でうなずいた。

「これしかないと思うことがある」

「聞かせてもらおうか」

「誰にも言わんでくれ」

「口が堅いのが、わたしの取り柄だ」

虎丸は判太郎の目を見てうなずき、考えを明かした。

第二話　村上虎丸死す

一

江戸はここ三日のあいだ、秋雨が続いていた。

大降りではなく、冷たい小雨が降ってはやみを繰り返し、日ごとに寒さを増している。

外桜田《そとさくらだ》にある広島藩上屋敷の家老部屋に集まった者たちは、外の寒さとは違う悪寒に襲われたかのごとく、皆、青い顔をして座している。

その者たちを前にして、上座に座しているのは、広島藩筆頭家老の浅野右近《うこん》だ。

浅野右近は、怪しい者が虎丸のことを探っているという情報を得た藩主綱長が、すぐさま江戸に送り込んだ知恵者。

今朝入府したばかりの右近は、休む間もなく重臣たちを集め、虎丸の秘密と綱長の意向を伝えたのだ。

一丸となり、虎丸を守ることにはなったものの、こうなるまでに半日を費やしている。

まとまらなかったのは、いわゆる保守派の面々が、公儀の調べが及び、江戸の藩邸に来ていることとなっている虎丸が召し出された時はどうするかを問い、慎重に動くことを求めたからだ。

大目付のみならず、柳沢直々の声がかかれば、虎丸を行かさぬわけにはいかぬ。そうなった時はどうするのかと問われた右近は、旅の途上でまとめていた考えを明かした。

その結果、これしかない、ということで意見がまとまり、重臣たちはさっそく動いた。

支度を万端整えて待つこと二日、雨がやみ、久々に秋晴れが広がった日の昼前に、柳沢が使わした者が藩邸の表門をたたいた。

御用部屋にいた右近は、配下の者から使者が来たことを伝えられ、書院の間にお通ししろ、と命じた。

藩主不在の今、名代として公儀の使者に会うべく表に向かった右近は、広い書院の間の下段で、対面した。

向き合うのは、定光を偽者と信じて疑わぬ天敵、五色四郎だ。

公儀の使者を笠《かさ》に着ている五色は、右近を陪臣《ばいしん》と見くだしている気持ちを顔に出し、付き添いの者と並んで上座に座している。

右近が頭を下げるのを待ち、顎《あご》を上げた。

「拙者、五色四郎と申す。此度《こたび》、御大老格柳沢様より、目付役を拝命した。以後、よしなに」

「はは」

続いて付き添いの者が言う。

「公儀目付役、原田《はらだ》新三《しんぞう》と申す。本日は見届け役として、この五色殿に同道つかまつった。面を上げられよ」

右近は応じて頭を上げ、穏やかな顔を向ける。

「そのお目付役が、当家になんの御用でしょうか」

四郎は薄笑いを浮かべる。

「ほかでもない。貴家の臣である村上虎丸殿が、葉月家当主の定光になりすましているのではないかという疑いがあり、確かめに参上つかまつった。真相はいかに」

右近は、困惑した面持ちをした。

「どうなのだと問われましても、寝耳に水の入るごとしでございますゆえ、なんとお答えしてよいやら」

「拒むのだな」

「根も葉もない噂にございましょう。当家には、なんの関わりもないことかと存じます」

四郎は睨《にら》む。

「言うたな。ならば、村上虎丸殿本人に会《お》うて確かめる。ただちに連れてまいれ」

右近はうつむき、目をつむった。

四郎はほくそ笑む。

「江戸に来ていることは調べがついておる。早《はよ》う連れてこい」

すると右近は、辛《つら》そうな顔をして、下座に控えている配下に振り向き、うなずいた。

応じて下がる配下を見た四郎は、右近に言う。

「別人を召し出しても無駄なことぞ。顔を知る者を連れてきておるからな」

右近は黙って前を向き、待っている。

四郎は原田に顔を向け、意地の悪い笑みを浮かべた。

程なく戻った配下が、頭を下げて部屋に入り、右近に何かを渡した。

見ていた原田が、驚いた顔をする。

「それは、位牌《いはい》でござるか」

右近は、白木の位牌を前に置き、四郎に言う。

「これが、村上虎丸にございます」

四郎は目を見張り、顔を引きつらせた。

「なんの真似だ！」

「ご覧のとおりにございます。村上虎丸は江戸に来て程なく病に倒れ、長い闘病をしておりましたが、その甲斐《かい》なく、五日前にこの世を去りました」

四郎は怒気を浮かべ、右近を指差した。

「嘘を申すな！　位牌まで作りおって、誤魔化せると思うたら大間違いぞ」

右近はいかにも残念そうに、唇を噛《か》みしめて目を閉じ、涙を堪《こら》えた様子で言う。

「公儀お目付役に嘘などつきませぬ。まことに優秀な家臣を喪《うしな》い、気を落としておるところでございます。せめて故郷の海に返してやろうと、骸《むくろ》は荼毘《だび》に付し、遺灰を尾道に送りました。今頃は、手の者の胸に抱かれて、東海道《とうかいどう》のどこかを西に向かっているかと。生前は瀬戸内に帰りたいと望んでおりましたゆえ、海にまいてやることになってございます。今なら間に合いましょうから、追って確かめられますか」

四郎は睨む。

「行かぬとふんで言うておろう」

「配下の名を記した物を渡しますゆえ、追ってお確かめください」

ぬかりのない右近は、遺灰に似せた物を配下に持たせ、実際に旅をさせていた。

四郎は怒りに満ちた顔をしていたが、落ち着きを取り戻し、右近を見据えて言う。

「他にも調べる手はある。もし偽りと分かれば、ただではすみませぬぞ。これは、御大老格様の書状にござる」

四郎は、懐から一通の書状を出し、開いて見せた。

「今正直に申せばすべて見逃し、貴家にはお咎《とが》めなしを約束する物にござる。右近殿、小細工などせず、正直におっしゃい」

柳沢の花押が記された書状を見せて迫るが、右近は、困惑した顔をした。

「さて、困りました。まことを嘘と言われても、ご期待に添えませぬ」

態度は神妙だが、皮肉を交えている。

右近は古狸だ。四郎には、嘘を言っているようには見えない。

原田が見かねたように、四郎の袖《そで》を引いた。

「五色殿、それがしには偽りのようには見えませぬ。これ以上は、無礼ですぞ」

四郎は、古参の原田に抗《あらが》えず、小さくうなずいた。

書状を懐に戻すと、仕方なさそうに立ち上がり、辞去のあいさつもなく部屋から出ていった。

原田が苦笑いで右近に言う。

「気を悪くしないでくだされ。五色殿は、御大老格から厳命されたらしく、焦っておられるのです」

四郎のことは五郎兵衛から報告を受けている右近は、弁明する原田は何も知らぬのだと察して、笑みを浮かべた。

「疑いが晴れ、ようございました」

伏して言う右近にうなずいた原田は、四郎を追って、足早に帰っていった。

それを待っていたかのように、重臣たちが部屋に入り、右近を囲んだ。

年長の重臣、可部俊郎《かべとしろう》が言う。

「御家老、ようございました」

右近は渋い顔を向け、何も言わず上座を向くと、眼差《まなざ》しを下げた。

「今になって、これでよかったのかと思う。わしは、若君（虎丸）をこの世から去らせてしもうた」

可部は戸惑い、他の重臣たちも、何も言えぬ様子。

右近は、虎丸を死なせたも同然のことをしたことに胸を痛め、苦渋に満ちた面持ちで黙り込んだ。

二

屋敷を訪れた五色四郎から報告を受けた柳沢は、おめおめと戻ったことに怒気を露《あら》わにする。

その顔を見た四郎は、すぐさま平伏した。

「ご安心ください。こちらには切り札がございます」

「芸州から連れてきたと申していた者のことか」

「はい。弥介と申します。葉月定光に会わせれば、偽者か本物か、すぐに分かりましょう」

「葉月定光と村上虎丸は瓜《うり》二つ。特に定光は、長患いをしておったせいで顔を知る者はほとんどいない。伯父《おじ》のそちとて、そうであろう」

四郎は浮かぬ顔をした。

「おっしゃるとおりにございます」

「芸州から来た者は、まことに見分けられるのか」

「そのことはご心配に及びませぬ。顔は見分けられずとも、村上虎丸だという動かぬ証《あかし》が、身体に刻まれてございます」

柳沢は厳しい眼差しをする。

「もったいぶらずに申せ」

「はは。村上虎丸の背中には、かつて海賊と戦った折りに受けた刀傷があるそうです。弥介が迷いました時は、定光の身ぐるみ剝《は》がして確かめまする」

柳沢は渋い顔をした。

「これまで、名だたる賊どもを退治して見せたという村上虎丸であれば、証となる傷の一つや二つあっても不思議ではないか」

四郎は、媚《こ》びた目を向ける。

「葉月定光が偽者と証明されれば、広島藩の重臣どもは、公儀目付役に偽りを申したこととなります。いかに広島藩が家康公と血の繋《つな》がりがあろうとも、どこの馬の骨とも分からぬ者を将軍家直参旗本になりすませて禄《ろく》を奪いしことは、当代将軍家に対する裏切り。深く関わった者を厳しく罰しなければ、天下に示しがつきませぬ」

「そちから、そのような言葉が聞けるとはな」

柳沢に鼻先で笑われた四郎は、悪い笑みを浮かべた。

「何より、御大老格様大願の、広島藩のお取り潰《つぶ》しを叶《かな》えられましょう。弥介を待たせておりますので、今から葉月定光をお召し出しください」

入れ知恵する四郎を、柳沢は笑みを消して睨んだ。

「たわけ。そのように容易《たやす》くことが運ぶはずがなかろう。竹内に先手を打たれておるわ」

「竹内が、何をしたのですか」

「定光の病が再発したとの届けが朝のうちに出され、上様は療養を命じられた」

「そんな」

「上様が葉月家に甘いことは、そちもよう知っておろう。押しかけたことを竹内に訴えられれば、お叱りを受けるのはこのわしぞ」

定光に会えなくなったことに、四郎はしかめっ面をした。

「おのれ、竹内め」

考えた四郎は、柳沢に言う。

「このまま黙っていれば、何年も病を偽り続ける恐れがあります。偽者を暴く御上意を賜ることはできませぬか。上様の御上意さえあれば、葉月家に踏み込んで確かめられます」

柳沢は渋い顔を庭に向けた。

「偽者の疑いがあることは、すでに申し上げた。だが上様は、わしが葉月家を疎んじてのことと思われ首を縦に振ってくださらぬ」

「では、黙って見逃すのですか」

「そうせぬために、そちを広島藩に使わしたのではないか」

厳しく言われて、四郎はうつむいた。

「申しわけありませぬ。まさか、村上虎丸が死んだことにするとは思いもせず、その場で対処の知恵が回らなかったことは、無念にございます」

「広島藩は家康公の血を引く大藩だ。一度引き下がった以上、むし返すことはできぬ」

「脅せば、御家を守るために売るとふんでおりました。そこまでして葉月家を守るとは、まったくもって、驚きでございます」

柳沢はしばし沈黙して考え、仮説を立てた。

「わしが許すと記した書状を見せたにもかかわらず白状せぬのは、まことに守りたいのは葉月家ではなく、身代わりをさせている村上虎丸本人ではないか。だとすれば、見捨てぬのも納得がいくというもの」

「村上虎丸のことは、調べがついております」

柳沢は厳しい目をした。

「何者だ」

「三次藩の飛び領である草津《くさつ》の港町で生まれ、幼き頃に火事で生母と死に別れ、以後は、村上家に引き取られて育ちました。生母の身分は低く、父親が誰かも分かりませぬ。そのような小者を、御家《おいえ》の存亡をかけて守るとは思えませぬ」

「父親が誰なのか、故郷の者は誰も知らぬと申すか」

「はい」

柳沢は、探るような顔をした。

「そこに答えがあるかもしれぬな。御家の存亡をかけて守るほどの血が流れていると考えれば、ない話ではない」

四郎は驚いた。

「まさか、藩主の落胤《らくいん》だと」

柳沢はほくそ笑んだ。

「調べてみる価値はありそうだ」

「では、それがしが今一度桜田の屋敷を訪ねて問いただします」

「そちでは無理だ。ここはわしが動く」

「はは」

四郎が頭を下げた背後の廊下に、柳沢の知恵袋である宗雪《しゅうせつ》が来て片膝《かたひざ》をついた。

柳沢は宗雪を見る。

「入れ」

「はは」

応じて歩みを進めた宗雪は、四郎を横目に柳沢の近くに座し、狡猾《こうかつ》そうな面持ちで言う。

「手の者を市中に放ち、葉月定光に関わりがある者を探らせておりましたところ、殿が睨まれたとおり、双井屋《ふたいや》判太郎宅に逗留《とうりゅう》する者がいることが分かりました。歳の頃は二十歳前後の、威勢のよい若者だそうです」

柳沢は片笑む。

「やはり思うたとおりであったか。その若者こそ、葉月、いや、村上虎丸に違いない」

すると四郎が驚き、したり顔で言う。

「これで葉月家も終わりですな」

だが柳沢は、不機嫌な顔を向けた。

「芸州から来ている小者を見せよ。急げ」

「はは」

慌てた四郎は、背中を丸めて出ていった。

柳沢は宗雪を近くに寄らせ、控えている小姓たちに聞こえぬ声で何かを告げた。

宗雪は心得た面持ちで応じ、含んだ笑みを浮かべている。

程なく、四郎が戻ってきた。

連れて来たのは、目の運びがいかにも卑しそうな男。

緊張して真っ青な顔をしているその者は、濡《ぬ》れ縁のそばの地べたに平伏した。

四郎が柳沢に言う。

「この者が、弥介でございます」

柳沢は無言で見据えている。

廊下に控えている家臣の富永《とみなが》太志《ふとし》が、庭の弥介に言う。

「面を上げよ」

「はは」

大声で応じて顔を上げる弥介に対し、富永は優しい面持ちで、声も穏やかに言う。

「御大老格様は、江戸の川を荒らす川賊を捕らえるべく、優れた者を探しておられる。そちは以前、瀬戸内で海賊をしていたそうだが、相違ないか」

弥介は、神妙に答える。

「今は改心し……」

「これ、今のことを問うておるのではない。していたのか、そうではないのかを答えよ」

弥介は居住まいを正した。

「しょうりました」

「うむ。して、誰に捕らえられて、改心した」

「村上家の若様です」

「その者のことは、よう覚えておるか」

「はい、恩人じゃけん、忘れもしません。江戸から来られとったお侍から、若様が病で死にそうじゃいうて聞いたけん、なんでもええけ力になろう思うて、従って来ました。どこにおるんでしょうか。今すぐ行って、助けちゃりたいんですが」

必死で訴える弥介の芸州弁に、柳沢は薄笑いを浮かべている。

その柳沢に向いた富永が、うかがいを立てる面持ちをする。

柳沢は真顔になり、うなずいた。

応じた富永が、庭に向きなおって弥介に言う。

「そちを案内した五色殿の屋敷で待っておれ。村上虎丸殿を連れて行くゆえ、そちから、御公儀に力を貸すよう、頼んでほしい」

「あの、若様は死にそうなんじゃないんですか？」

不思議そうな顔で訊《き》く弥介に応じた富永が、庭に下りて歩み寄り、小声で言う。

「よいか、御大老格様は、従わぬ者に厳しいお方だ。村上虎丸殿は、御公儀の力になるようにとの再三の求めに応じぬゆえ、お怒りになっておられる。このままでは、惜しい者を死なせてしまうと思い、わざわざ芸州まで手の者を使わし、虎丸殿を説得できる者を探させたのだ」

弥介は困惑した顔をした。

「わしは恩がありますが、説得せぇ言われても……」

「我らの手の者は、草津村の港でそちのことを聞いて声をかけたのだ。是非とも虎丸殿を説得してくれ。命を助けることができれば、それが恩返しになるというもの。うまく説得してくれたあかつきには、褒美は思うままぞ」

ごくりと喉《のど》を鳴らした弥介は、柳沢に両手をついた。

「分かりました。説得してみますけぇ、よろしゅう頼みます」

平伏する弥介にほくそ笑む柳沢が、四郎に小声で言う。

「双井屋に急げ」

四郎が片手をついて問う。

「我が屋敷に連れて来ましたら知らせますゆえ、お越し願えますか」

「うむ」

「では」

四郎は柳沢の前から下がり、弥介を連れて一旦《いったん》屋敷に戻った。

三

四郎が大勢の捕り方を従えて蔵前《くらまえ》の通りを走り、双井屋の前に到着した。

西日が看板に射し、金字の双井屋が輝いている。

勇ましい顔で看板を一瞥《いちべつ》した四郎は、右手に持つ馬の鞭《むち》を振るった。

鉢巻きと襷掛《たすきが》けの捕り方たちの半分が、裏口を固めに走る。

残る者たちを率いて表の戸口から入った四郎は、大声をあげた。

「公儀目付役である。家の中を検《あらた》める、一人たりともそこを動くな！」

店の中にいた者たちが騒然となる中、寄り棒を持った二人が戸口を守り、出入りを禁じた。

土足で上がった四郎は、虎丸を捜すべく奥へ行く。

捕り方に襖《ふすま》を開けさせた時、判太郎が立ちはだかった。

「お役人様、いったいなんの騒ぎですか」

四郎は馬の鞭を向ける。

「村上虎丸がおろう。手荒なことをされとうなければ、今すぐ連れてまいれ」

すると判太郎は、迷惑そうな顔をした。

「さて、村上虎丸という人はおられませぬ。家をお間違えでは」

「黙れ！　ここに二十歳前後の若い男がおることは明白。かばい立てすると、貴様もただではすまさぬぞ」

「そのような者はおりませぬが……」

判太郎は横にそれて、場を空けた。

「お疑いなら、存分にお確かめください」

四郎は憎々しい顔で睨み、配下に家中を捜すよう命じた。

家の中は押し入れや天井裏、そして床下までも抜かりなく確かめ、蔵、物置小屋、奉公人の部屋など隅々まで調べたが、虎丸はどこにもいなかった。

宗雪が間違えるはずもないと思う四郎は、涼しげな顔をして帳場に座している判太郎に腹を立てた。

「貴様、逃がしたな」

判太郎は、表情を変えることなく落ち着いて言う。

「初めからいない者を逃がしたと言いがかりをつけられても、困ります。付届けが目当てならば、このように家を荒らす前におっしゃってくだされば応じたものを。番頭さん」

振られた番頭の弥三八《やそはち》は、困惑した顔で応じて、小判を二十五枚包んだ物を差し出した。

受け取った判太郎が、四郎の足下に置き、見上げて微笑む。

「これで、お引き取りを」

四郎は怒りにまかせて蹴《け》った。

破れた包みから小判が散らばり、音をたてて三和土《たたき》に落ちる。

判太郎はそれを横目に見つめ、四郎を見上げた。

「足りませぬか」

四郎は鞭を向ける。

「どうやら、訊き方を間違えたようだ。今一度問う、葉月定光をどこに隠した」

判太郎は薄い笑みを消した。

「若殿は、屋敷にて病床に臥《ふ》しておられますが」

「黙れ！」

四郎は判太郎を鞭で打った。

判太郎の頬が裂け、血がにじむ。

家の者たちが騒然とするのを黙らせた四郎は、配下に命じて判太郎に縄を打たせた。そして、必死に助けを乞《こ》う番頭の弥三八に鞭を向けて問う。

「ここにいた若者は、なんという名だ」

弥三八は判太郎を見た。

四郎も見ると、判太郎は惚《とぼ》けた顔をして、弥三八と目を合わせようとしていない。

四郎は弥三八に問う。

「この際名などどうでもよい。若者がいたな、正直に答えよ」

弥三八は平伏した。

「お役人様、手前は何も知りませぬ。お若い客人がここにおられたのは確かでございますが、ふらりと出かけられたまま、お戻りになっておられません」

「おい番頭、わしにそのような嘘が通ると思うたら大間違いぞ」

「お役人様、ほんとうでございます。旦那《だんな》様も、どこに行かれたのか知らないのでございます」

「ならば、そちが捜し出して連れて来い。わしは湯島天神《ゆしまてんじん》下に屋敷を賜る五色四郎だ。明日の暮れ六つまでに、我が屋敷へ連れてまいれ。来なければ、判太郎の命はないと思え。そちが言う若い客にも、さよう伝えよ。返事は！」

「かしこまりました」

平伏する弥三八に苛立《いらだ》ちの声を吐いた四郎は、判太郎を店から引っ張り出し、人目に付くよう大声で歩けと命じて、連行した。

表に出た弥三八は、嘘偽りなく虎丸の居場所を知らなかった。

「このままでは、旦那様が殺されてしまう」

焦りに焦った様子で向かったのは、坂本《さかもと》一包《いっぽう》の診療所だ。

駆け込んだ弥三八から話を聞いた鯉姫は、まずは外に出て、跡をつけられていないか確かめた。

怪しい者はいない。

中に戻った鯉姫は、震えている弥三八を落ち着かせようとした。だが弥三八は、必死に訴える。

「若殿様がどこにいらっしゃるかご存じなら教えてください。このとおりです」

手を合わせられたが、鯉姫は困った。

「うちもほんまに知らんのんよ。でも、判太郎は死なせんけ安心して。先生、今から葉月家に行ってみるけ、夜の往診は許して」

一包はうなずく。

「それはよいが、無理をするな」

「葉月家の者に教えるだけじゃけ、心配せんで」

判太郎は、命がけで虎丸を逃がそうとしている。

そう感じた鯉姫は、診療所から飛び出した。

「虎丸の馬鹿たれが」

判太郎を死なせるものかと思う鯉姫は怒りを吐き出し、葉月家に走った。

人気がない裏手に回り、いつも忍び込んでいる木戸から入った鯉姫は、あたりを探りつつ庭を横切り、虎丸が使っていた寝所に向かった。

中廊下から襖を開けて見ると、虎丸の姿はなく、人気がない部屋は寒い。

竹内を捜すべく寝所を横切り、表の屋敷へ向かった。

廊下を歩いていると、前から人の話し声がした。

障子を開けて部屋に潜み、息を殺して行きすぎるのを待つ。僅《わず》かに開けている隙間から、目の前を横切る者の顔を確かめたが、知らぬ者だった。

竹内はどこにいるのか、と思いつつ、鯉姫は廊下を進む。

廊下の先の角を右に曲がろうとした時、裏庭に下男が歩いてきた。

竹箒《たけぼうき》と竹籠《たけかご》を持った下男は、鯉姫に気付かないまま庭の掃除をはじめ、廊下に背を向けて働いている。

背中を当てていた障子をゆっくり開けた鯉姫は、下男に注目したまま中に入り、障子を閉めた。

「何をしている」

いきなり後ろでした声にはっとして振り向くと、真顔の竹内と、驚いた様子の五郎兵衛が見ていた。

五郎兵衛が指差す。

「そなた、鯉姫ではないか」

「捜す手間が省けた」

鯉姫はそう言うと遠慮なく二人の前に歩み、立ったまま言う。

「竹内さん、虎丸はどこにおるんですか」

竹内は真顔を崩さない。

「いきなりなんだ」

「なんだじゃないよ。虎丸はどこにおるんか教えて」

「若殿は病だ」

「嘘を言いんさんな。今寝所も見てきたんじゃけ。虎丸を連れていかにゃあ、判太郎が役人に殺されるけ、早《は》よ教えて」

「今なんと言うた！」

目を見張って言う五郎兵衛に、鯉姫は繰り返す。

「役人に、判太郎が人質に取られたんよ」

「役人が双井屋に来ただと」

「なんべん同じこと言わせるんね」

「すまん、驚いて動転しておるのだ」

胸を押さえる五郎兵衛から竹内に目を向けた鯉姫は、苛立ちを露わに言う。

「判太郎が虎丸を隠すけ、連れていかれたんよ。番頭さんは虎丸がどこにおるか知らんいうけぇ、ここしかない思うてきたんよ。とぼけんこう《ないで》、早う出してえや」

焦る鯉姫に、竹内は言う。

「我らはまことに知らぬのだ。若殿は、双井屋にいるものとばかり思うていた」

「そんな……」

「判太郎を連行した役人の名は」

「五色四郎じゃいうて聞いたよ。明日の暮れ六つまでに虎丸を屋敷に連れてこにゃ、判太郎を殺すゆうて脅したらしい」

「おそらく脅しではあるまい」

竹内の言葉に、鯉姫は息を呑《の》んだ。

「本気で殺すいうんね」

　竹内はうなずいた。

「五色四郎は、当家の力になる双井屋を疎ましく思うている。目障りな判太郎を殺すことに、躊躇《ためら》いはないはずだ。そして判太郎は、おそらくそれを承知で、若殿の居場所を教えぬのだろう」

　五郎兵衛が竹内を見た。

「判太郎は己を犠牲にするつもりだとおっしゃいますか」

　竹内はうなずいた。

「冗談じゃないよ！」

　鯉姫は怒りの声をあげた。

「そんなことをして、虎丸が喜ぶ思うたら大間違いよ。あんたら、虎丸や判太郎を苦しめて何が嬉《うれ》しいんね。御家を守るためなら、他のもんはどうなってもええん。もういいかげんにしてえや！」

　涙をためて言う鯉姫に、五郎兵衛は動揺を隠せぬ様子。顔面を蒼白《そうはく》にして、竹内を見ている。

　竹内は黙っていた。

頬に流れた涙を手で拭《ぬぐ》った鯉姫は、目を合わせぬ竹内に言う。

「もう頼まんよ、うちが判太郎を助けに行く」

「待て」

行こうとしていた鯉姫は、呼び止めた竹内を睨んだ。

竹内は真顔で言う。

「そなたは関わるな。これよりわたしが、葉月家と五色四郎の因縁を断ちにまいる」

「何するん」

「案ずるな、判太郎は死なせぬ。五郎兵衛、鯉姫を送ってやれ」

「御家老、それがしもお供します」

「ならぬ。鯉姫が邪魔をせぬよう、送り届けてくれ」

五郎兵衛は竹内を見ていたが、何かを察したように引き下がり、鯉姫を部屋の外に促した。

「虎丸と判太郎を死なせたら、うちが許さんけぇね」

「ささ、帰りましょ」

鯉姫は五郎兵衛に押されて、部屋から出ていった。

障子が閉められるやいなや、竹内は立ち上がって大刀をつかみ、別の障子を開けて出た。

一人で表門から出ると、五色家がある湯島天神下に向けて夜道を走った。

四

判太郎は、石畳の冷え冷えとした部屋で、畳一畳ほどはあろう大きさの台座に座らされていた。頭から布袋を被《かぶ》せられ、後ろに組まされた手首に巻かれた縄は、梁《はり》から吊《つ》り下げられた滑車にかけられている。

今まさに、四郎の配下がその縄をつかみ、引きはじめた。

縛られている判太郎の手首は背中に沿って上がり、肘《ひじ》の関節が今にも折れそうな激痛に耐えかねた判太郎は、呻《うめ》き声をあげた。

じっと見ていた四郎が配下に合図して力をゆるめさせた。そして、繰り返される痛めつけにぐったりする判太郎の前に立つ。

「双井屋、このままだと両腕が使えなくなるぞ。言え、葉月定光はどこにおる」

あえて定光の名を出す四郎に、判太郎は頭《こうべ》を垂れたまま答えようとしない。

ふたたび配下が縄を引き、判太郎は歯を食いしばって痛みに耐えた。

「強情な奴め！」

四郎は責める手を変え、固く編んだ太い縄笞《なわむち》で背中を打たせた。

息ができぬほどの衝撃に、判太郎はたまらず悲鳴をあげるも、足を縛り付けられている台座から転げ落ちることができず、苦しみに呻いた。

四郎は、葉月家に加担する判太郎を憎んでおり、虎丸の居場所を吐かせる名目で苦しめていたのだ。

いつも自分のことを馬鹿にして、ろくに相手にもしなかった判太郎が苦しむ姿に嬉々《きき》とした目をしている四郎は、顔を見てやろうと、布を取った。

鬢《びん》が乱れて頰に垂れ下がった顔を向けた判太郎は、血が垂れた口の端を上げ、蔑《さげす》んだ笑みを浮かべる。

怒りに目をむいた四郎は、自ら縄笞をにぎり、判太郎の胸を打つ。

何度も打たれて呻いた判太郎は血を吐き、気を失った。

四郎は自ら桶《おけ》をつかみ、頭から冷や水を浴びせた。

意識を取り戻した判太郎の顎を笞で上げ、憎々しく問う。

「貴様、本気で殺すぞ。言え、定光をどこに隠した！」

苦しそうに息をしている判太郎は、四郎を睨んだ。

「元はと言えば、お前さんが葉月家の領地を荒らしたからだろう。自分がまいた種で諸大夫様と仲違《なかたが》いをしたくせに、若殿を恨みに思うとは、とんだ逆恨みだ」

「黙れ！」

「ほんとうに、これでいいのか。生まれ育った家がなくなるんだぞ」

「ふん、お前が心配することではない。葉月家は、わしの息子琢郎《たくろう》に継がせることになっておる」

「柳沢様を信用しているようだが、甘いな」

「黙れと言うておる！」

笞で肩を打たれた判太郎は、歯を食いしばって呻いた。


　この時弥介は、与えられた部屋にいた。

たった一人することもなく、夕餉《ゆうげ》をすませた後は暇を持て余し、酒がほしくなって落ち着きがなくなっていた。

「頼んでみるか」

　そう独りごち、障子を開けて廊下に出た。人を捜して歩いている時、庭からした声に立ち止まり、そちらを見た。

「旦那様は、恐ろしいことをされる」

声が聞こえた弥介は、恐ろしいこととは何かと思うのと同時に、見られてはまずいという不安に駆られた。咄嗟《とっさ》に、明かりがついていない部屋に忍び込み、人差し指を舐《な》めて、障子に穴を空けて外を見た。

月明かりに照らされた庭に、どこからか歩いてきた若い下男と下女がいる。

あるじがいる母屋から離れているこの場所に弥介がいることを知らずに、逢引《あいび》きでもしているのかと興味が湧いたが、話の内容は血なまぐさい。

苦しそうな声を聞きたくない、とか、死んでしまうのではないか、という声ばかり届く。

公儀目付役の屋敷だけに、どうにも不安になった弥介は、二人は何を見てそう言っているのか気になった。

程なく、男女は連れだって庭を歩きはじめた。

見られているとは知らず手を繋いでいるが、逢引きどころではないらしい。

弥介はそっと、男女の後を追った。

男女の背中を見ながら付いていくと、二人は途中で別れ、歩み去った。

自分の部屋に戻る男女に置き去りにされた気分になった弥介は、途端に興味が薄れ、部屋に戻るべくきびすを返した。

「言え！　言わぬか！」

背後からした怒鳴り声にぎょっとして振り向くと、たたく音と、呻き声が聞こえてきた。

声と音は、明かりが灯《とも》された、作事小屋のような建物からする。

弥介は、何をされているのか見に行こうとしたが、家臣が歩いてくるのに気付いて、慌てて部屋に戻った。

障子を閉める前に外を見ると、家臣がこちらに歩いてくるのが見えた。

閉めて落ち着きなく部屋を歩いた弥介は、障子に背を向けて座った。

「入りますぞ」

声をかけられ、どうぞ、と応じると、障子が開けられた。

頼んでもいないのに酒肴《しゅこう》を持ってきた家臣が中に入り、弥介の前に膳《ぜん》を置いた。

「今夜は冷えますから、一杯やってください」

家臣はおおらかに、何もない顔で接する。

頭を下げた弥介は、差し出された盃《さかずき》を受け取り、注がれた酒を見つめた。

「いかがされた」

「いえ、いただきます」

弥介は酒を飲み、ちらと家臣を見た。

薄い笑みを浮かべ、飄々《ひょうひょう》とした面持ちの態度に、ますます不安になる。

にわかに外が騒がしくなった。

膝を転じた家臣が立ち上がり、障子を開けて廊下に出た。

「騒がしいぞ、何ごとか！」

廊下を急いでいた配下の者が立ち止まり、

「そちらにいらっしゃいましたか」

と言って、急ぎ足で来て頭を下げた。

「御用人、葉月家の家老が、判太郎を連れ戻しに来たそうです」

用人の厚木《あつぎ》甚六《じんろく》は、先ほどとは別人のように恐ろしい顔で弥介に振り向いた。

「よろしいか、怪我をしたくなければ、ここを一歩も出るでないぞ」

「はい」

厚木は障子を閉め、配下と共に走り去った。

武家の揉《も》めごとなどごめんだと独りごちた弥介は、部屋の奥へ座りなおし、手酌をした酒をがぶ飲みした。

五色家の門番を昏倒《こんとう》させて押し入った竹内は、表玄関の前で足止めされ、五色家の家臣たちに囲まれていた。

配下と共に廊下を来る厚木を見つけた竹内は、両手を広げている家臣たちを押しどけ、玄関に向かう。

「待たれよ竹内殿、これはいかんぞ」

困った様子の厚木に、竹内は真顔で言う。

「双井屋判太郎は葉月家にとって大事な者ゆえ、言いがかりを見逃すわけにはまいらぬ。返していただこう」

厚木は厳しい顔をする。

「さては双井屋の番頭が泣き付いたか。殿は公儀の命で動いておるのだ。そこへ押し入るとは何ごとか」

「何が公儀だ。私怨《しえん》であろう」

「騒々しいのう！」

厚木の背後から声がし、四郎が出てきた。

竹内を見るなり、小馬鹿にした笑みを浮かべて式台に立つ。

「これはこれは、家老自らお出ましか。手間が省けてよい、近《ちこ》う寄れ」

家臣が警戒する中、竹内は玄関の軒下まで歩みを進め、刀を鞘《さや》ごと抜いて右手に持ち替えた。

抜く気がないことを示す態度に、四郎は見据える。

「言いたいことがあれば先に申せ」

「罪なき双井屋判太郎を捕らえるとは、悪しき料簡《りょうけん》ですぞ」

「ただ返すわけにはいかぬ。双井屋に定光がいたことは明白なのだ。竹内、そちはわしを舐めておったようだが、今や公儀目付であり、柳沢様の庇護《ひご》もあるのだ。その柳沢様の手の者が、定光が双井屋におることを確かめられたゆえ、わしが出張ったのだ。もはや仮病など通用せぬ。判太郎を返してほしくば、定光を連れて来い」

竹内は四郎の目を見た。

「病ゆえ、一歩も外に出せぬ」

「そちは、わしが言うたことを聞いておらぬのか」

「人違いかと」

認めぬ竹内に、四郎はほくそ笑んだ。

「宗雪殿、聞かれましたか」

大声をあげると、式台の奥の襖が開けられ、老翁が出てきた。

四郎が家臣たちに顎で指図する。

応じた家臣たちが竹内に飛びかかった。

竹内は抗わぬが、家臣たちは手荒に刀を奪い取り、背後から縄をかけて腕を縛った。そして膝の裏を蹴って座らせ、身動きを封じた。

四郎は、竹内に猿ぐつわまで噛《か》ませた後で言う。

「このお方は、柳沢様の名代だ。これより、お前が申したとおり定光が屋敷におるか、確かめにまいる。もしおらねば、御上を欺いた罰を与えられよう」

竹内は何か言おうとしたが、猿ぐつわで言葉にならぬ。

四郎は、そんな竹内のそばに片膝をつき、勝ち誇った顔を近づける。

「わしの策にはまってのこのこ出てくるとは、よほど焦っておるようだな。どうせ定光はおらぬのであろう。これで、葉月家は終わりじゃ」

そう言うと、ざまを見ろという顔をして声高らかに笑った。

五

「さっさと歩け！」

目付役として手勢を引き連れて葉月家に入った四郎は、縄をかけられている竹内の背中を押した。

「御家老！」

「これは何ごとですか！」

「おのれ五色四郎！」

騒然となる家臣たちの中から出てきた五郎兵衛が、竹内の姿を見て驚愕《きょうがく》し、四郎に憎々しい顔を向けて脇差しに手をかけた。

猿ぐつわを嚙まされている竹内が、必死に首を振って止める。

「どうした、抜いてみよ」

四郎に言われた五郎兵衛は、今にも抜きそうだ。

寄り棒を持った捕り方二人が四郎を守り、宗雪が前に出る。

「やめておけ」

老翁だが凄《すさ》まじい気迫の宗雪。

抜けばどちらかが怪我をするのは必定。

五郎兵衛は止める竹内に従い、唇を噛みしめて手を離した。

鼻先で笑う四郎が、動揺して騒ぐ家臣たちのあいだをあえて選んで竹内を歩ませ、築山がある表の庭に行くと、広縁の前に跪《ひざまず》かせた。

「おい五郎兵衛、家臣どもを一人残らず集めろ」

偉そうに命じる四郎を睨んだ五郎兵衛であるが、従うしかなく、配下の者に命じた。

程なく、表御殿にいる男たちがすべて集まってきた。

四郎は、その者たちを庭に下りさせ、

「竹内と同じように跪け」

厳しく命じる。

五郎兵衛は家臣たちから抜けて池のほとりを走り、寝所の中廊下に上がる出入り口を背にして立つ。

背後の中廊下から現れた伝八は腰に大刀を帯びており、五郎兵衛にも渡した。

迫る捕り方を前にした二人は、抜刀した。

五郎兵衛が言う。

「我が殿は病だ。ここからは、誰であろうと通さぬ」

捕り方は、五郎兵衛と伝八の覚悟に怯《ひる》んだ様子。

その者たちを下がらせて出たのは、またも宗雪だ。

配下の忍びたちが左右に別れて抜刀し、切っ先を五郎兵衛と伝八に向ける。

四郎が大声をあげた。

「手向かいせぬことだ。そのお方は、柳沢様の軍師殿だぞ」

そうと聞いた伝八は、宗雪を睨んだ。

「お前が、大殿を暗殺させたのであろう」

恨みをぶつけるなり、伝八は刀を向けて迫った。

「大殿の仇《かたき》！」

叫んで斬りかかるも、宗雪は右に足を運んで袈裟《けさ》斬りをかわし、余裕の笑みさえ浮かべている。

「おのれ！」

頭に血をのぼらせた伝八が、ふたたび斬りかかった。だが、宗雪の配下が割って入り、打ち下ろした一刀を弾《はじ》き上げ、同時に腹を蹴った。

手で腹を押さえて下がった伝八は、耐えて倒れることなく、刀を構える。

倒しに出ようとした配下を手で制した宗雪が、伝八と対峙《たいじ》した。

正眼に構えていた伝八は、右胸に柄《つか》を当てて刀身を空に向け、猛然と出る。

「えい！」

鋭く斬りかかる伝八。

宗雪は、持っていた杖《つえ》で刃をはねのけるやいなや、伝八の喉に刃物を突きつけた。

うっ、と目を見開いた伝八は下がった。だが宗雪は、まるで糸で繋がっているかのごとく間合いを空けさせず、刃物の切っ先は喉元に近いままだ。

壁に背中が当たり、逃げ場を失う伝八。

宗雪は鋭い目を穏やかにし、唇に笑みを浮かべた。

「真実が知りたくば教えてやろう。諸大夫殿と家来を闇討ちしたのは、わしではない。襲うた者は、赤穂《あこう》事件の折りに、浅野寄りだった諸大夫殿を恨んでのこと。柳沢様の差し金と思うのは、浅はかで愚かなことじゃ」

「嘘だ！」

「嘘であるものか」

「ならば、闇討ちしたのは誰だと言うのだ」

「知ったところで、もうこの世にはおらぬ」

伝八は、はっとした。

「吉良上野介《きらこうずけのすけ》……、そうなのか」

宗雪は、刃物を引いた。そして、目を離さず言う。

「いかにも。吉良上野介殿は浅野一族を忌み嫌《きろ》うておられたゆえ、松の廊下（江戸城本丸御殿内）で浅野内匠頭《たくみのかみ》殿から刃傷《にんじょう》に及ばれたのをよい折りとされ、広島の本家も改易にするよう御上に願われていた。一時は、広島浅野家も赤穂浅野に縁坐《えんざ》させるべきという声があがっていたが、諸大夫殿が止められた。吉良上野介殿が恨みに思うても、仕方なかろう」

「嘘だ！」

伝八は刀を構え、宗雪を睨んだ。

「柳沢様と大殿は、確執があったはずだ。死人にすべて被せようとしても、そうはいかぬ」

「つまらぬ詮索《せんさく》はやめておけ。まあ、こうなってはもはや、葉月家もしまいじゃが」

宗雪は飛びすさりざまに鉤縄《かぎなわ》を投げ、伝八の着物の袖に引っかけて動きを封じた。

これに合わせた配下が五郎兵衛に切っ先を向けて迫り、下がらせた。

「ゆけ！」

宗雪の命令に応じた配下が中廊下に飛び上がり、程なく戻ってきた。

「寝所は空です。どこにも姿がありませぬ」

五郎兵衛と伝八が動揺している。

宗雪は、ため息をついた。

「思ったとおりじゃ」

そう言うと、伝八を封じていた縄の力を抜き、四郎に向く。

四郎は、勝ち誇った顔で竹内に言う。

「やはり嘘であったか。貴様ら、ただですむと思うな。者ども、この大嘘つきどもを引っ立てい！」

「はは」

捕り方と宗雪の配下が動き、庭に跪いている家臣たちを縄で縛り、自由を奪った。

定光が身代わり若殿だと知らぬ家臣たちは混乱し、竹内に問う。

「御家老、どういうことですか」

「何ゆえ我らが、五色殿に捕らえられるのです」

「はっきりおっしゃってください」

「御家老！」

「御家老、お教えください」

次々上がる声に、四郎は竹内の前に立った。

「皆が聞いておるぞ。答えてやれ」

そう言い、猿ぐつわを取って縄をつかみ、家臣たちに向いて立たせた。

竹内は辛そうな顔をうつむけ、答えようとしない。

愉快そうな笑みを浮かべた四郎が、家臣たちに顔を向ける。

「どうやら恐ろしくて言えぬようだから、わしが代わりに教えてやる。病弱だった我が甥《おい》定光に代わり、この葉月家と、お前たちの命を預かる立場である竹内与左衛門は、ことあろうに御上を欺いたのだ」

「四郎様、欺くとはどういうことですか」

家臣の一人が声をあげると、四郎はそちらを見て、人差し指を立てた。

「まず一つ目だ。此度定光が病を再発させたことは、皆知っておるな」

「存じております」

「竹内が病の届けを出したことで、上様は定光の身を案じられておる。にもかかわらずどうだ、寝所はもぬけの殻。誰もおらぬ」

定光が寝所にいるとばかり思っていた家臣たちは、竹内に注目した。

「御家老、どういうことか言うてくだされ」

「まだあるぞ！」

大声で家臣を静かにさせた四郎は、中指を立てた。

「二つ目の嘘だ。定光は病を偽り屋敷から逃げ、姿をくらましている。そのわけは、わしが連れてきている者に顔を見られると、まずいことになるからだ」

すると、一人の家臣が捕り方を振り払って立ち上がった。

「我らの中に噂がございます」

四郎はその者を見て、目を細める。

「ほう、どのような噂だ」

「若殿は、すでにこの世におられないのではないかという声があります」

四郎は、我が意を得たりという顔で、その者を指差す。

「まさに、そちが言うとおりだ。何を隠そう……」

「お静かに！」

女の大声があがった。

四郎は、邪魔をされた腹立たしさに目をつむり、怒りに満ちた顔を向ける。

表御殿の廊下に出てきていたのは、侍女のお静だった。

「侍女ごときが、何ごとだ！」

お静は小走りで広縁に来ると、四郎の前に座して三つ指をついた。

「ご無礼をいたしました。何ごとか存じませぬが、お静かに願います。病床に臥しておられる若殿が、なんの騒ぎかと案じておられますゆえ、どうか」

お静は懸命に訴え、平伏した。

五郎兵衛と伝八が驚いている。

竹内は、目をつむった。

四郎が、お静を責めるように言う。

「定光は、どこにおる！」

「奥御殿におられます」

四郎は竹内を見た。

「月姫が実家に帰った今、奥御殿は空だと思うて油断しておった。竹内、珍しく顔色を変えておるが、さては、そちも知らなかったのか」

竹内は目を開け、真顔で四郎と目を合わせた。

何も言わぬ竹内に、四郎は鼻先で笑う。

「まあいい。おい女、ここにおる葉月家の家臣どもの命が危ないと定光に伝えよ。仮病など使《つこ》うておらず、出てこいと言え」

「はい」

行こうとするお静に、四郎は付け加えた。

「逃げれば、この者どもの首を即刻はねると伝えよ」

お静はふたたびはいと応じて、小走りに去った。

四郎は表御殿の大広間に入り、上座に床几《しょうぎ》を用意させて座した。

六

虎丸は、判太郎が捕らえられたことを知らず、奥御殿の、月姫が使っていた部屋に潜んでいた。

四郎は必ず、葉月家に押し入る。その時自分がいなければ、病の届けが偽りとされ、竹内や五郎兵衛たちが捕らえられてしまうはず。

葉月家を出た時からそう案じていた虎丸は、どうすればいいか考え、判太郎に打ち明けて密《ひそ》かに戻っていたのだ。

竹内たちに知られては、また隠そうとするはず。そこで、まずはお静の長屋に忍び込んだ。

夜這《よば》いと勘違いしたお静は大声をあげようとした。

口を塞《ふさ》いだ虎丸は、定光だと小声で教えて大人しくさせた。まずは、誰にも言わぬよう頼み、寝所ではなく、月姫の部屋で療養したいので手を貸してくれるよう願った。

お静は快諾してくれた。

身代わりを知らぬお静を騙《だま》したのは心苦しかったが、奥御殿に入った虎丸は、月姫の部屋で療養するふりをしていた。

虎丸に頼まれて表御殿の様子を探っていたお静は、四郎が来たことに驚きつつも、隠れて見ていた。そして、皆が捕らえられたことに恐れおののき、震えながら奥御殿に戻った。

竹内たちの窮地を知った虎丸は、先のことを思うと寝間着のまま出るのを躊躇い、お静を勇気づけ、自分がいることを告げに行かせたというわけだ。

程なく戻ったお静は、着替えを進めている虎丸を見て驚き、障子を閉めて歩み寄る。

黙って手伝うお静に、虎丸は神妙な顔をした。

「すまぬ」

お静は、虎丸のことをどう思っているのか、無言で首を横に振り、丁寧に帯を締めてくれた。

袴《はかま》を穿《は》き、羽織を着けた。

丸の中に広げた扇の家紋が入った物を身に着けるのは、恐らく今日限り。

覚悟を決めている虎丸は、お静が差し出した脇差しを受け取り、帯に差した。

黙って頭を下げると、お静は驚いた顔をした。

顔を上げた虎丸は微笑み、歩みを進めて部屋から出た。

露払いとばかりに先に立とうとしたお静を、虎丸が止める。

「ここまででよい」

するとお静は、虎丸と目を合わせてきた。

「あなた様が誰であろうと、わたしは、ご奉公したことを悔いませぬ」

虎丸は驚いた。

「知っていたのか」

「もうずいぶん前に、湯殿のお世話をしていた折り、お着替えをされているあなた様の、お背中の傷を見てしまいました」

虎丸は微笑んだ。

「そうだったのか。どうして、言わなかったのだ」

「御家老様をはじめ、若殿のおそばにいらっしゃる方は皆、ご存じの様子でございましたから、葉月家を守るために、あなた様がおられるのだと思うたのです」

「お静は、かしこいな」

お静は恥ずかしそうに首を振った。

「よう黙っていてくれた、礼を言う」

虎丸が目を見つめて言うと、神妙な面持ちのお静は、場を空けて平伏した。

歩みを進めた虎丸は、表御殿に渡り、表の庭に向かう。廊下の角を曲がると、縄を打たれ、庭に跪いている竹内や家臣たちがいた。

身代わりを知らぬ家臣たちは、廊下を歩む虎丸のことを不安そうな顔で見ている。

五郎兵衛と伝八、そして六左は、なぜ戻ったのか、と言いたそうな表情だ。

竹内は真顔ではなく、厳しい顔をしている。

虎丸は竹内に小さくうなずき、家臣たちに背中を向け、大広間に向かって立った。

待っていた四郎が、

「やっと現れおったか」

そう言うとほくそ笑み、宗雪に顎を引いた。

応じた宗雪は、虎丸を一瞥し、その場から立ち去った。

四郎は広縁に出ると、虎丸を手招きした。

「ここへ座れ、皆によう顔を見せてやれ」

虎丸は逆らわず、庭に向いて正座した。

縄を打たれている家臣一同が、虎丸に注目して黙っている。

虎丸は、皆に何か言うべきだと口を開こうとしたが、身代わりと知れば怒り、悲しむだろうと思うと、言葉に詰まった。

悪あがきをしてみよう。

そう思いなおした時、宗雪が庭に戻ってきた。前を歩かせている弥介を見た虎丸は、顔をうつむける。

広縁の前まで来た弥介は、どこか不安そうだ。

四郎が虎丸に閉じた扇を向け、大声で言う。

「弥介、よう見てくれ、この御仁は、お前がよう知っている村上虎丸殿か」

家臣たちからどよめきが起きた。

うつむいている虎丸の視界に、首をかしげて難しそうな声を出す弥介の姿が入っている。

四郎が虎丸に言う。

「やましいことがないなら、堂々と顔を上げたらどうだ」

四郎を見た虎丸は、目の端に映った宗雪に顔を向けた。

注目していた弥介は目をこする。そして、嬉しそうな顔をして駆け寄った。その背後に、宗雪が付いてくる。

「虎丸様！　わしです、弥介です。死にそうじゃいうて聞いて、恩返しをしょう思うて江戸まで来たんですが、お元気そうで安心しました」

宗雪のことなどまるで気にしていない弥介は、大声で言い、再会を喜んで目に涙を浮かべた。

宗雪を見ていた虎丸は、弥介に微笑む。

「久しぶりじゃのう、よう来てくれた」

認めたことで、竹内は観念したらしく、瞼《まぶた》をきつく閉じてため息を吐き、うつむいた。

五郎兵衛も伝八も、六左も、虎丸の秘密を知る者たちは皆、うな垂れている。その後ろに座している家臣たちから、困惑と驚愕が入りまじったどよめきが伝わってくる。

虎丸は膝を転じて、四郎に向く。

「気がすんだか」

四郎は勝ち誇った笑みを浮かべた。

虎丸は両手をつく。

「弥介を、帰してやってくれ」

上目を向ける虎丸の眼差しに殺気を感じた四郎は、頬を引きつらせた。

「まあ、いいだろう」

そう強がり、懐から白い紙の包みを取り出し、弥介の前にほうり投げた。

包みが解け、地べたに小判が散らばった。

「もうそちに用はない。それを持って国へ帰れ」

何も知らぬ弥介は、不思議そうな顔をした。

「はあ《もう》ええんですか。川賊退治の説得は……」

四郎は追い払うような仕草をした。

「邪魔だ、早う行け」

弥介は心配そうな顔で虎丸を見た。

「若様、わしゃなんか、悪いことを言いましたか」

虎丸は笑みを浮かべる。

「お前はなんも悪うないけ、金をもろうておけ。草津の港に帰ったら、みんなによろしゅう言うてくれ」

「ほいでも……」

「ええけ心配するな。はよ行け」

「ほうですか、それじゃ」

弥介はしぶしぶ小判を拾い集め、心配そうな顔で虎丸に頭を下げると、周囲を気にしながら庭から出ていった。

虎丸は捕り方に両腕を押さえられ、脇差しを奪われた。

満足そうな顔をした四郎が言う。

「定光になりすまして若殿を演じたお前の度胸は認めてやる。だが、御上を欺いたことは大罪だ、覚悟しろ。縄を打て」

命令に応じた捕り方が、虎丸を縛った。

家臣たちの中には、絶望して泣いている者がいる。何も知らなかったと悔しがり、怒りに満ちた目を向けてくる者もいる。

虎丸は皆の気持ちを受け止め、神妙に頭を下げた。

宗雪が虎丸に歩み寄り、問う。

「白を切れば逃れられたものを、何ゆえ素直に認めた」

顔を上げた虎丸は、宗雪の目を見据えた。

「弥介に刃物を突き付けといて、よう言うの」

四郎が虎丸の頬を平手打ちした。

「無礼を申すな痴《し》れ者め、この御仁は、御大老格柳沢様の軍師であり、御名代ぞ」

「よいよい」

宗雪はそう言い、虎丸を見てくつくつ笑った。そして、背中に隠していた小太刀を出して見せ、鞘に納めた。

「惚けおれば、弥介の首をはねるつもりであった。村上虎丸、おぬし、ここにおる葉月家の家臣どもより、下人一人の命を取ったか」

「葉月の家を潰せば気がすむんじゃろう。皆の命は助けてくれ」

頼む虎丸に、宗雪は厳しい顔をした。

「おぬしを身代わりに立てたのは、ここにおる者だけではあるまい。広島藩の筆頭家老が、村上虎丸は病に倒れてあの世におると、位牌まで見せて御公儀を欺いておるのだ」

虎丸は焦った。

「それは、わしが出奔したけぇじゃ。慈悲深い御家老は、死んだことにしてくれただけで罪はない。頼みます、わしの首を討つだけで許してください」

虎丸は膝行《しっこう》し、宗雪に近づいて正座すると、縄で縛られた上半身を折った。

「このとおりじゃけ、御大老格に口添えを頼みます」

懇願する虎丸の横に移動した宗雪は、

「さて、どうするかの」

言いながら背後に回るやいなや、首に縄をかけて絞めた。

呻いた虎丸は抗ったが、首に食い込む縄は取れぬ。

苦しむ虎丸の目に、縛られたまま尻《しり》を浮かせて、何かを叫んでいる竹内の顔が見えたのは束の間。

程なく虎丸の身体から力が抜け、瞼を閉じて首《こうべ》を垂れた。

第三話　改　易

一

霧雨に霞《かす》む早朝、蔵前の通りを来た町駕籠《かご》が、双井屋の表に横付けされた。

付き添ってきた五色家用人の厚木甚六が見守る中、駕籠かきの手を借りて降りたのは判太郎だ。

表の戸をたたいた厚木が、立っているのがやっとの判太郎に軽く頭を下げ、一人で帰っていく。

見送った駕籠かきの二人は、判太郎を気の毒そうな様子で見ている。

「双井屋の旦那《だんな》、酷《ひど》く痛めつけられたようですが、医者に診てもらったほうがよろしんじゃねえですかい」

髭面《ひげづら》の若い駕籠かきが言うと、相方が相槌《あいづち》を打つ。

「あっしもそう思います。知っている医者がいなすったら言ってください、お連れしますんで」

「こんな無様な顔を見せるわけにはいかないよ」

「無様な顔だから、診てもらわなきゃ」

「おい……」

遠慮のない髭面の若者を、相方が止めた。そして、判太郎に取り繕う笑みを浮かべて言う。

「顔のことより、身体が心配ですから、診てもらったほうがいいですよ」

「大丈夫さ」

応じない判太郎は顔中が腫《は》れ、左目の周りは特に酷く、瞼《まぶた》が塞《ふさ》いで目が見えていない。

髷《まげ》は解《ほど》けて垂れ下がり、落ち武者のようだ。

強がる判太郎は、よろけた。

危なっかしいと言って両腕を支えてくれた駕籠かきたちは、首が据わっていない赤子のように頭がぐらつく判太郎の姿に、益々《ますます》心配している。

髭面の若者が、いらいらしてふたたび声をかけた。

「おい！　早くしてくれ！」

するとようやく、どなたですか、と問う声が中からした。

「旦那さんがお帰りです」

髭面の若者が言うとすぐさま戸が開けられ、出てきた手代が判太郎を見るなり悲鳴をあげた。

続いて出た番頭の弥三八が腰をぬかさんばかりに驚き、駕籠かきに言う。

「すまないが、ひとっ走り頼む」

「弥三八、一包先生のところには行かないよ」

拒む判太郎であったが、意識が遠のいた。

弥三八は手代に手伝わせ、辛《つら》そうな様子の判太郎を駕籠に乗せると、坂本一包宅へ案内した。

「先生、双井屋です。頼みます、旦那様を診てください！」

弥三八の大声に応じて出てきたのは、鯉姫だ。

寝間着に上着をかけた身なりの鯉姫は、駕籠の中でぐったりしている判太郎を見るなりはっとして、一包を呼びに戻った。

判太郎が意識を取り戻したのは、その日の昼をすぎた頃だ。

これまでの記憶がほとんどない判太郎は、のぞき込む鯉姫に微笑む。

「ここは、極楽か」

鯉姫は安堵《あんど》の息を吐いた。

「冗談が言えるけえ、もう大丈夫じゃね」

行こうとする鯉姫の手を、判太郎がつかむ。

「若殿がどうなったか、知っているかい」

「…………」

答えず、顔を見せようとしない鯉姫の態度に、判太郎は首をもたげた。

「鯉姫、知っているなら教えておくれ」

「うちは知らんよ。判太郎が生きるか死ぬかで、それどころじゃなかったけ」

「こんな傷で、生死をさまよいはしないさ。少し眠っていただけだろう。はぐらかさずに教えておくれ」

「ほんまに知らんのよ。じゃけど、判太郎を帰してくれたいうことは、虎丸が見つかった。そういうことじゃないん。判太郎こそ、帰る時なんも言われんかったん」

「何も覚えていないんだ。目がさめたら、店の前に着いていたからね」

頭を枕に戻して天井を見つめた判太郎は、包帯が巻かれた顔をさわった。

　鯉姫が手を差し伸べて止めた。

「目をかもう《触っ》たらだめよ。目の下の骨が折れとるけん」

「左目は、見えるようになるんだろうか」

「うん、大丈夫」

　判太郎は、鯉姫の手をにぎった。

「五色四郎が、若殿の正体を暴くための切り札があると言っていた。わたしが帰されたのが四郎に見つかった証《あかし》だとすれば、若殿はどうなったんだろうね。生きていると思うかい」

「…………」

　また黙り込む鯉姫の手をにぎりなおした判太郎は、長い息を吐いた。

「若殿は、葉月家の者たちを守ると言って、密《ひそ》かに屋敷へ戻られたんだ。四郎は葉月家に行ったはずだから、何かあったに違いない」

「ほんまに、虎丸は大馬鹿者よ」

　顔を背ける鯉姫の目から、光る物が落ちた。

　判太郎は、手を強くにぎる。

「鯉姫、知っているなら教えておくれ」

手を放した鯉姫は、逃げるように去ってしまった。

「ほんとうに、何も分からんのだ」

そう言って部屋に入ってきたのは、薬湯を手にした一包だ。

横になったまま飲ませてもらった判太郎は、顔をしかめる。

「腹が傷むか」

「少し」

「酷く打たれたせいで、臓腑《ぞうふ》が腫れているのだ。若殿が心配だろうが、今動けば治るものも治らなくなる。少なくとも十日は、ここでじっと寝ていなさい」

判太郎は礼を言い、一包の顔色をうかがいながら訊《き》く。

「鯉姫は、葉月家の様子を見に行っていないのですか」

一包は渋い顔をした。

「心配するのも身体に障るから、今は眠って、怪我を治すことだけを考えなさい」

「そうはしていられません」

半身を起こした判太郎は、途端に目が回って動けなかった。

はっとし、一包を見る。

「先生、何を飲ませたのですか」

「よく眠れる薬だ。心配しないで、とにかく今は横になりなさい」

肩を押さえられた判太郎は仰向けになり、程なくきた眠気に抗《あらが》えず、瞼を閉じた。

二

月姫が庭の池に落ちそうになるのを助けた虎丸は、そこで意識を取り戻した。

見えるのは月姫ではなく、太い格子。

夢か、と落胆した。

ここが座敷牢《ろう》だと分かるのに時間はかからなかった。部屋の中にも、廊下にも監視の者はおらずたった一人で、聞こえるのは水が流れる音のみ。

庭の池に落ちる水の音だろうかと想像する。

牢の外は、四方に無地の白い襖《ふすま》が閉められ、部屋の広さは十八畳もある。格子の木も新しく、座敷に急ごしらえされた物らしい。

「誰かおらぬか」

喉《のど》の渇きを覚えた虎丸は、定光の言葉づかいで大声をあげた。だが、返事はない。

あぐらをかき、首をさわった。

宗雪に絞められた時は殺されると思ったが、生かされた理由が分からない。柳沢が慈悲をかけるとは思えず、死ぬまで囚《とら》われるか、公儀を騙《だま》した大罪人として、見せしめに公の場で首をはねられるか、そのどちらかだろう。

弥介に刃物を向けられては、どうすることもできなかった。

乗った船は沈めん、と約束しておきながら、葉月の家も、家臣とその家族さえも守ることができなかった。

「大嘘つきだな」

虎丸は声に出し、ため息をついて仰向けに寝転んだ。

外は暗くなり、やがて、部屋は真っ暗になった。

顔の前に上げた自分の手さえも見えない中で、虎丸は逃げる気も起きず仰向けのまま、目を開けている。気になるのは判太郎や竹内たち、そして、葉月家のその後。どれほど気を失っていたのかさえ分からぬ虎丸は、竹内たちの命を案じると身体が熱くなり、汗ばみさえする。

庭でうなだれていた五郎兵衛と伝八の姿が目に浮かび、弥介のためとはいえ、あっさり村上虎丸と認めたことを後悔した。

「大馬鹿者だ」

右腕を目に当てて、ふたたびため息をついた。

格子の外で、襖が開けられる音がした。顔を向けても、何も見えない。

「誰だ」

声をかけるが返事はなく、気配のみある。

程なく、何かを畳に置く音がした。

そこにいる者は、夜目が優れているようだ。

「宗雪殿か」

返事はなく、衣擦《きぬず》れの音もなく襖が閉められる音のみがして、気配は消えた。

虎丸は四つん這《ば》いになって、物が置かれた場所まで行き、手探りで確かめた。すると、何かが指先に当たった。触って確かめると、むすびだと分かった。

毒入りか。

そう思い、手をつけぬまま下がった。

仰向けになり、竹内たちのことを案じているうちに、月姫のことが浮かんだ。こうなった今思えば、真実を打ち明けて帰ってもらったことは、幸いだった。

筑前守が身代わりを疑っていたかどうかは分からぬが、松平家と月姫に累が及ぶことはないはず。

だが、広島浅野家はどうなるのか。

不安に思い眠ることもできずにいるうちに、襖の隙間が明るくなりはじめた。

白むすびが二つと、湯飲みが折敷《おしき》に置かれたままになっている。

喉が渇いていたが、手をつける気になれなかった。

誰も来ないまま、ふたたび日が暮れた。

夜になると、また人が入ってくる。

暗闇の中、虎丸は気配に顔を向けた。

「食わねば死ぬぞ」

どこかで聞いたことがある声に、虎丸は見当を付けた。

「宗雪殿、どうして生かした」

「…………」

「教えてくれ」

「今は食え。毒など入っておらぬゆえ安心しろ」

問いには答えず、程なく襖が閉められた。

腹が減っていた虎丸は、手探りでむすびを探し当てて口に運んだ。中には、甘辛く焼いた鶏《とり》肉が入っていた。

「旨《うま》い」

虎丸は、皆も食べているのだろうかと案じつつ、口に運んだ。

腹が満たされると眠くなり、気がつけば明るくなっていた。

また今日も、昼間は誰も来ないのだろうと思いつつ起き上がった虎丸は、格子の外で座している宗雪を見てはっとした。

「たまげたのう」

思わず出た芸州弁に焦る虎丸を、宗雪は小馬鹿にして笑う。

「今さら慌てずとも、そちの素性はばれておる。牢屋に閉じ込められたままゆえ、そろそろ身体がなまっておろう」

そう言うと、横に置いていた大太刀をつかんで投げ入れた。

膝《ひざ》に向かって滑る大太刀をつかみ取った虎丸は、抜刀した。

刀身を見れば、刃が落とされている。やけに重い。

「鍛えておけ」

宗雪はそう言い、行こうとする。

「待ってくれ」

虎丸がかけた声に、宗雪は背を向けたまま足を止めた。

「昨日のむすびは、旨かった」

すると宗雪は、渋い顔で振り向いた。

「何を言うておる」

「鶏の肉が入ったむすびのことよ」

「さて、わしは知らぬことだ。飯を届けたのは下男であろう」

惚《とぼ》けているのだろうと察した虎丸は、話を変えた。

「教えてくれ。竹内たちはどうなった」

宗雪は答えず歩みを進め、襖を閉めてしまった。

悔やまれてならぬ虎丸は、大声を出して自分への怒りを吐き出し、大太刀を振るって格子を打った。ずしりと重い刀身によって、木くずが飛び散る。

なまった身体を鍛えるにはいい。ふたたび振り上げて打つ。

格子の木くずが飛び、刀身が当たった場所が彫れている。このまま打ち続けて格子を破ってやろうと何度も繰り返した。もう少しだと思い渾身《こんしん》の力を込めて打ち下ろした刀身は、鉄に当たって弾《はじ》かれ、手が痺《しび》れた。顔を近づけて表側を見てみれば、分厚い鉄で守られていた。

逃げられぬと分かった虎丸は、苛立《いらだ》ちの声をあげて大太刀を打ち下ろした。

その夜は、むすびを持った者は現れなかった。一晩空腹で過ごし、朝になると、宗雪が自ら飯を持ってきた。

いたるところを彫られた格子を見てほくそ笑み、

「よい調子だな。一晩中うるさかったと、近くの徒《かち》長屋で暮らす者が笑《わろ》うておったぞ」

と、挑発する。

宗雪が言うとおり、あきらめず格子を破ろうとしていた虎丸は、着物の両肩を外して汗の湯気が出る姿で大太刀を右手に下げている。

目を細めた宗雪が言う。

「よい身体をしておるな。芸州虎丸の正体は、おぬしであろう」

虎丸はそうだと言わずに、大太刀を投げ捨てた。

「葉月家のことを教えられんのなら、せめて判太郎のことを教えてくれ」

宗雪は厳しい目をした。

「五色に捕らえられたことを知っていたのか」

「鯉姫が助けを求めて竹内のところに来たゆうて、侍女から聞いたけえの。判太郎に罪はないけ、許しちゃってくれ」

宗雪は鼻先で笑った。

「案ずるな。双井屋は少々痛めつけられたが、そちが言う鯉姫の介抱のおかげで起きられるようになっておる」

虎丸は安堵した。

「よかった。鯉姫に殺されずにすむ」

宗雪は声を出して愉快そうに笑いながら、出ていった。

残された虎丸の頭にあるのは、この先自分がどうなるのかという不安よりも、竹内たちのことばかりだ。

あぐらをかいて、頭を抱えた。

「頼むけ、生きとってくれ」

三

葉月家の嘘を暴いた四郎は、十日がすぎても柳沢から音沙汰《おとさた》がないことに苛立っていた。

虎丸が捕らえられたその日に柳沢を訪ねた四郎は、手柄を挙げたとばかりに報告をし、褒美を求めた。

婿入りした五色家への恩義のため、四郎が葉月家を継ぐことはできぬ。そこで、次男の琢郎に葉月家を継がせ、代々守ってきた領地と、生まれ育った屋敷を賜りたいと願ったのだ。

同座していた宗雪は図々《ずうずう》しいと罵《ののし》ったが、竹内が亡き定光の身代わりを立てるなどという異常な手段に出ず、琢郎を養嗣子にしておれば、葉月家は安泰だったはず。

そう訴えた四郎は、虎丸をはじめ、首謀者である竹内と五郎兵衛、伝八、六左など、関わった者を誅《ちゅう》すれば、知らなかった家臣をまとめて、より一層の働きをもって将軍家に奉公すると誓った。

これに対し柳沢は、

「追って沙汰をする。今日限り、目付役の任を解く」

こう告げて下がらせた。

待つのは長い。

願いが叶《かな》えば、長男に五色家を譲って隠居し、琢郎と共に葉月家の広い屋敷に戻ることができる。

四郎は、病弱の定光が嗣子を得ぬままこの世を去ることを願っていた数年も前から、琢郎に葉月家を継がせ、生まれ育った屋敷を我が物とすることを夢見ていた。

まさか身代わりなどを立てていようとは考えもしなかったため、定光の病が平癒したと竹内に騙され、長年の夢が破れたと恨みに思い、毒殺まで謀ったことを思うと、笑いが出てきた。

「わしも、まんまと竹内に踊らされたわ。だが、やっと夢が叶うのだ。側室の子というだけで冷遇され、追い出された葉月家の屋敷が手に入る。この狭い屋敷とも、お別れだ」

願いが聞き入れられると信じて疑わぬ四郎は、喜びに満ちた顔を天井に向け、満足した息をつく。

だが、それから二十日がすぎても、沙汰はなかった。

苛立ち、溜《た》まった鬱憤《うっぷん》を晴らしたい気持ちになった四郎は、松平筑前守の屋敷を訪ねることを思い付いた。

定光が偽者だと訴えたにもかかわらず、自分を誹《そし》った筑前守の、今の顔色を見てやろうとしたのだ。

拒まず通した筑前守に、四郎はうやうやしく頭を下げた。

筑前守は不機嫌に言う。

「なんの用じゃ」

「突然の訪問にもかかわらずお目通りをお許しいただき、おそれいります」

「面を上げよ」

「はは」

「今日はやけに下手に出るではないか。よほどに、よいことがあったとみえる」

そう言って、顔を背ける筑前守。

頭を上げて居住まいを正した四郎は、目を合わせようとしない筑前守を見て続ける。

「本日は、ご報告に上がりました。以前それがしが申し上げたとおり、竹内はどこの骨とも分からぬ者を身代わりに立て、葉月家を乗っ取っておりました」

言われなくとも知っている筑前守は、返す言葉もない様子で黙っている。

四郎は、尚《なお》も目を合わせようとしない筑前守の顔を見据えていた。

沈黙が続き、筑前守が顔を向けた途端に、四郎は気の毒そうな顔を作って言う。

「月姫様は、さぞ落胆しておられましょう。何せ、偽者の正室を演じさせられたのですから」

「何が言いたい」

「案じているのでございますよ。このことが世間に知られれば、いい笑いぐさになりましょう。どうかくれぐれも、お気をつけられますように」

「案ずるな。月は身代わりの者に、指一本触れさせておらぬ」

「さりとて、姫様は偽者を若殿と思い込み、こころを奪われていたと聞きます」

筑前守は怒気を浮かべた。

「おぬし、誰からそのことを……」

探るような顔をしていた四郎がほくそ笑む。

「やはり、図星でしたか」

「知らん。月の気持ちなど、わしは知らん」

「身代わりを真《まこと》の夫と信じさせられていたのですから、姫様もお気の毒なことです。悔やまれるのは、それがしが疑いを申し上げた時に信じていただけなかったこと。あの時お耳をかたむけておられれば、姫様のこころの傷は浅くてすんだのです」

筑前守は、膝に置いている手に拳《こぶし》をつくり、怒りに身を震わせた。

「わざわざそれを言いに来たのか。わしの顔を見て笑いに来たか」

四郎は平伏した。

「滅相もありませぬ。筑前守様は竹内のことを買っておられましたゆえ、お願いに参じた次第。くれぐれも、かの者どもの助命嘆願などされませぬよう、伏してお願い申し上げます」

より頭を畳に近づける四郎に、筑前守は大きな息を吐いた。

「言われずとも分かっておる。わしを騙した竹内めを、決して許さん」

「それを聞いて安堵いたしました。お忙しいところお邪魔をいたしました。では、これにて失礼いたします」

立ち上がり、頭を下げた四郎は部屋から出た。小姓に見送られて表門を出たところで、堪《こら》えていた笑みを浮かべ、供をしている厚木に言う。

「筑前守の顔を見せてやりたかったぞ。よい顔をしておったわ」

「喜ばれていたのですか」

訊く厚木に、四郎は真顔になる。

「たわけ、わしは奴が悲しむ顔を見に来たのだ。わしよりも高く買っていた竹内に裏切られて、悲しむ顔をな」

「なるほど、傷口に塩を塗ったわけですな」

飄々《ひょうひょう》と言う厚木に、四郎は笑った。

「そういうことよ。よい憂さ晴らしになった。気分がよいゆえ、戻ったら酒の相手をしろ」

「はは、喜んで」

四郎と厚木が意気揚々と、大名小路《だいみょうこうじ》を歩んで行く。

その頃、出雲雲南藩《いずもうんなんはん》松平家奥御殿の一室では、月姫が浮かぬ顔で座していた。

月姫は、葉月家の嘘が暴かれたことを筑前守から教えられた時に、知っていたことを隠さなかった。

自ら戻ったのはそういうわけだったか、と筑前守は納得したものの、黙っていたことを責めた。

それは、四郎に先を越されたからか、それとも、知っていればなんとかできた、という意味なのか、父の本心は、月姫には分からない。

身代わりを認め、騙していたことをあやまった虎丸のことが頭から離れない月姫は、戻った日から、食事もろくに喉を通らなくなっていた。

今も、母親のお囲の方が自ら作ってくれた餅《もち》菓子に手をつけぬまま、庭を見ている。

「もう忘れなさい」

見かねたお囲の方にそう言われた途端に、月姫は悲しくなり、視界が霞んだ。

お囲の方は、月姫の瞳《ひとみ》にはっとした。戻った日からこれまで、一度も見せなかった表情に、焦らずにはいられない。

「そなたまさか、身代わりの者にこころを奪われているのですか」

そう問われた月姫は、自分の気持ちに気付いて動揺する。

「いえ、そのようなことは……」

ない、と言い切れぬ月姫は、うつむいた。

「そうなのですね」

心配するお囲の方に、月姫はこくりとうなずき、ほろりと涙を落とす。

お囲の方は、困った子だ、と言わんばかりのため息をついた。そして、うつむいて黙っている月姫の手をにぎった。

「厳しいことを言いますが、そなたがどれほど慕おうとも、もはや、かの者は助かりませぬ。よくて切腹だと、お父様がおっしゃっていました」

月姫は、辛そうに瞼を閉じた。

「虎丸様は、思いやりのある優しいお方です。それなのにどうして……」

歪《ゆが》んでしまう顔を両手で隠し、むせび泣いた。

お圀の方は、月姫を抱き寄せた。

今はただ、泣かせてやるしかない。

「時が忘れさせてくれます。我慢せずに、胸の苦しみを出しなさい」

そう声をかけて、背中をさすってやっている。


そんな母子の様子を物陰から見ていた筑前守は、

「このような時に、一斎めはどこにおるのじゃ」

苛立ちを露《あら》わに独りごち、月姫を案じながらその場を離れた。

表御殿に渡り、浮かぬ顔で廊下を歩んで居室に戻った筑前守は、座して待っていた一斎に驚き、歩み寄る。

「一斎、修行の旅からもう戻ったのか」

一斎は、上座に歩みながら言う筑前守に両手をついて頭を下げた。

「思うことあり、暇をいただきました」

向き合って座した筑前守は、真顔で言う。

「ことわりなど無用じゃ。戻ってくれてよかった、面を上げよ」

「おそれいります」

「葉月家のことは聞いたか」

「存じております」

「わしもお前も、まんまと騙された。月の気持ちを思うと腹が立つが……」

怒りの勢いが急に衰えたように、口籠《くちご》もる筑前守。

その胸の内を見透かすように、じっと顔を見ていた一斎は、膝行《しっこう》して近づき、声音を下げて言う。

「村上虎丸は、芝《しば》にある柳沢家別邸の座敷牢にて、神妙にしております。一日一食、たった二つのむすびも食べぬ日があり、宗雪殿が渡された大太刀を振るっておりますが、身体は衰えるばかりにございます」

あまり寝ていないようだとも言う一斎に、筑前守は驚き、眉間《みけん》に皺《しわ》を寄せた。

「おぬしまさか、誰ぞ忍び込ませたのか」

「いえ、この目で確かめました」

「何！　どういうことだ」

「あの若者のことが気になり、お暇をいただいて葉月家を探っていたのでございます」

「そなた、わしを騙したのか」

「言えば止められると思い……」

「あたりまえじゃ」

「もうしわけありませぬ」

頭を下げて詫《わ》びる一斎に、筑前守は鼻息を荒くした。

「見つかればただではすまぬことだというのに、どうやって忍び込んだ」

「忍び込んではおりませぬ。修行の路銀ほしさに、下働きを少々」

「下働きとはなんだ」

「別邸へ出入りを許された口入れ屋を訪ね、食いはぐれた年寄りを演じましたところ、あるじが哀れみをかけてくれ、このじじいを助けてくれたのです」

「それで、まんまと別邸に入り込んだと申すか」

「折りよく、空きがございましたもので」

いけしゃあしゃあと述べる一斎に、筑前守は開いた口が塞がらぬ。

「松平家剣術指南役が、下男をしておると申すか」

「御意」

「何が御意じゃ」

怒鳴った筑前守であるが、すぐさま、笑いだした。

一斎も笑う。

二人でしばし笑った筑前守は、一斎を指差した。

「笑いごとではない。正気とは思えぬぞ」

すると一斎は、笑みを消して居住まいを正した。

「殿が望まれたことをしたまで」

否定しない筑前守は、また笑った。

「して、どう見た。村上虎丸は、このまま生かされると思うか」

一斎は、首を横に振った。

「まだ分かりませぬ。ですが、殺すつもりならば、もうとっくに首をはねているはず。柳沢様は、迷うておられるのではないかと」

筑前守は渋い顔をした。

「いや、おそらく迷うておられるのは、柳沢様ではなく上様であろう」

「なるほど、おっしゃるとおりかと。ではこれより別邸に戻り、引き続き調べまする」

「待て」

「はは」

筑前守は身を乗り出し、手招きした。膝行して顔を近づける一斎に言う。

「村上虎丸を死なせるのは惜しいと思うておるなら、うまくやれ」

意をくみ取った一斎は微笑む。

「万事おまかせを、いざという時は、逃がしてやります」

「誰にも正体を知られてはならぬぞ、虎丸にもな」

「はは」

一斎は頭を下げ、柳沢の別邸へ戻っていった。

座して見送った筑前守は、顔をしかめた。

「これが柳沢様にばれれば、ただではすまぬと申すに、わしもどうかしておる。村上虎丸め、一斎にあそこまでさせるとは、不思議な奴よ」

脇息《きょうそく》に肘《ひじ》をついた筑前守は、己の気持ちは棚に上げてそう言い、苦笑いを浮かべた。

四

まさか一斎が下男に化けてそばにおろうとは思いもしない虎丸は、破れぬ格子に大太刀を打ち下ろす気も失《う》せ、横になって、肘枕をして目をつむっていた。四方の襖が閉められ、明かりもない部屋は薄暗く、近頃急に冷え込んだ寒さが身に染みる。

今日は何日かも分からず、三日前まで耳に届いていた小鳥の声さえ、まったくしなくなっている。寒さが増したせいで、どこかに行ってしまったのだろう。

月代《さかやき》を指先でなでれば、不快に思うほど伸びている。

「この先何年もこのままなら、髪はどこまで伸びるんじゃろうか」

などと馬鹿なことを口に出して、仰向けになった。

天井板には、節穴が三つある。

真っ暗な穴から誰か見ている気がして、片目をつむって見る。

それも馬鹿馬鹿しくなり、また横を向いた。

「ああ、暇じゃのう」

つい声に出た気持ちに従い、起き上がって格子のそばに歩み寄る。

外の明かりが白い光の線となって見える襖に向かって、大きく息を吸い込む。

「誰か！　わしと剣の稽古《けいこ》をするもんはおらんか！」

腹の底から声を出してみたが、応じる者はおらず、静まり返っている。

「つまらん」

ぼやいた虎丸は、あぐらをかき、そして仰向けに転がった。

庭の掃除をしていた一斎は、虎丸の声を聞いて手を止め、元気そうで安堵したように微笑み、廊下に気配を察してその場から去った。

虎丸は廊下の足音に起き上がり、立って襖を見つめた。

程なく襖が開けられた。外のまぶしさに目を細めていると、配下を外に待たせた宗雪が入ってきた。

畳に転がっている大太刀を一瞥《いちべつ》した宗雪は、虎丸を睨《にら》む。

「もうあきらめたのか」

「頑丈にしといて、よう言うの」

なんじゃあんたか、と言わんばかりの態度で、背中を向けてあぐらをかいた。

その虎丸の背後に歩み寄った宗雪が、片膝をつく。

「飯を食べたのなら、身体を動かさねば太るぞ」

「どうせ首をはねられる身じゃけ、どうでもええじゃろうが」

「ほう、観念しておるのか」

「わしはどうなってもええけ、葉月家のもんは助けちゃってくれ」

「そのことは殿に申し上げておる。後は、上様のおこころひとつじゃ。解せぬのは、おぬしのことよ」

「どうして身代わりを引き受けたんかと、言いたいんじゃろ」

「そのことは調べた。大恩ある村上信虎氏が芸州侯に望まれ、恩を返すために引き受けたのであろう」

「ほうよ《そうだ》、よう知っとるくせに、何が解せんのや」

「引き受けたのなら、葉月家の若殿として大人しゅうしておればよいものを、何ゆえ、江戸の川賊を相手に大暴れをした」

　宗雪は鼻で笑った。

「前にもそうよったが、なんのことか、わしには分からん」

「惚けずともよい。おぬしこそ、芸州虎丸であろう。今思えば、分かりやすい偽名じゃ」

虎丸は宗雪を見た。

宗雪は、真面目な顔でうなずく。

「ばれてしもうとるんじゃの」

「訊いたことに答えよ」

虎丸は髪が伸びた頭を指先でかき、眉根《まゆね》を寄せた。

「改めて訊かれると、どういうて答えたらええか分からん」

「正義か、それとも、ただ暴れたかっただけか」

「正義などと、大それたもんじゃないことは確かよ」

「ならばなんじゃ。理由があろう」

「そうやって訊かれたら、なんじゃいうて言やええか分からん」

「嘘を申すな。頭巾《ずきん》を被《かぶ》って川に出るようになったきっかけは、武蔵屋小太郎に頼まれたからであろう」

虎丸は宗雪に頭を下げた。

「頼むけ、小太郎はほっといちゃってくれ。あんな《あいつ》らは、何も知らんのじゃけ」

「何も罰しようというのではない。おぬしのことを知りたいだけじゃ。頼まれて動いたのか」

「強いて言うなら、お節介かの。困っとるもんを、ほうっちゃおけんけえ」

宗雪は目を細めた。

「これまでにした川賊退治すべてが、お節介でしたことと申すか」

「葉月家が川賊退治を命じられた時は、役目に励む家臣のためにした」

「ばれぬようにするのは、さぞ苦労があったことだろう」

虎丸は、真っ直ぐな目を向けた。

「こがなことを聞くために来たんか」

宗雪は微笑み、すぐに真顔になる。

「芸州虎丸を死なせるのは、惜しいと思うたのじゃ。お前は、葉月家のためによう尽くしてきた。また芸州侯と村上の養父殿にも、恩義を果たしたはずじゃ。竹内たち家臣どものことは忘れて、わしと共に、御大老格に仕えぬか」

「断る」

即答する虎丸に、宗雪は不機嫌な顔をした。

「少しは考えぬか」

「考えるまでもない。わしは、葉月家の者たちを守ると約束したんじゃ。竹内らが生きられんのなら、わしも死ぬ」

「そう申せば許してもらえると思うたら大間違いじゃぞ。御大老格を甘く見るな」

「甘《あも》うも辛《かろ》うも見とらん。本音をゆうただけじゃ」

宗雪は渋い顔で立ち上がった。

「では改めて、おぬしの望みを殿にお伝えしよう。死罪を言い渡されて後悔しても遅いぞ。よいのだな」

「身代わりを受けた時から覚悟はしとる。皆を守れるなら、本望よ」

目を見て言う虎丸に、宗雪は厳しい顔でうなずき、出ていった。

牢がある座敷の裏側に回って息を潜めて聞いていた一斎は、顔をしかめる。

「馬鹿が付くほど正直者じゃ。死んでもしらんぞ」

そう漏らして舌打ちまでした一斎は、庭の広い森に下りていく雉《きじ》に目を留めると表情を一変させた。

「今宵《こよい》は旨い肉を食わせてやるか」

小声で独りごち、生類憐《あわ》れみの令など気にする様子もなく、さっそく森に入った。

五

　沙汰を待っていた四郎のもとに富永太志が来たのは、小雪が舞う日だった。

　ひと月も待たされた四郎は、客間に通された富永と向き合い、あいさつをする間も惜しいほどに急《せ》かせた。

「待っておりましたぞ。よい知らせでござろうな」

　目をぎらつかせ、欲深い面持ちをする四郎に、富永は言う。

「貴殿がお望みどおり、葉月定光殿亡き御家《おいえ》は改易と決まりました」

「うむ。して、わしの望みは」

「今申し上げたではございませぬか」

「定光がおらぬのですから改易は当然にござろう。そのことは承知いたした。だが葉月家は、わしの次男にいただけるのですな」

　富永は面倒くさそうな息を吐いた。

「ですから、葉月家は改易、と申し上げました。なんぴとも跡を継ぐことは許されませぬ」

「何！」

　大声をあげる四郎に、富永は声を被せる。

「よって、筑波山護持院元禄《つくばさんごじいんげんろく》寺近くの本邸ならびに、本所《ほんじょ》の下屋敷は召し上げ。本邸は建物を崩し、火事に備えて明地にすることと決しました。以上、しかとお伝えいたしましたぞ」

四郎は愕然《がくぜん》とする。

「待たれよ。それでは話が違う。葉月家は、倅《せがれ》の琢郎に継がせる約束だったはずじゃ」

そう訴えたが、富永は厳しい顔をする。

「何を言うておられる。殿は一度も、承知したとはおっしゃっておりませぬぞ」

「それはそうじゃが、誰にも継がせぬとは、あまりの仕打ちでござろう」

「それがしは、決まったことを申し上げにまいったのみ。そのように責められても困ります」

辞そうとする富永だったが、四郎は廊下に出て両手を広げた。

「まだ訊きたいことがござる」

富永は、あからさまに迷惑そうな顔をした。

「それがしは忙しいので手短に」

「広島藩は、どうなりました」

「どうとは」

「惚けるな。柳沢様は、広島浅野家を潰《つぶ》そうとしておられたではないか。どうなったのだ」

富永は座りなおし、居住まいを正して四郎を見上げた。

「広島浅野家は、外様《とざま》とはいえ、家康公のご息女の血が御当代まで続く御家柄。此《こ》度《たび》のような小さきことで、潰されるはずがありませぬ」

「ち、小さき、ことじゃと」

「さよう。小さきことにござる」

富永はこれまでとはまったく違った、よそよそしい態度だ。

四郎は、怒りに頬を引きつらせた。

「諸大夫の葉月本家と、広島浅野家を潰すことは、柳沢様が望まれたことではござらぬか」

「黙らっしゃい！」

大声に息を呑《の》む四郎を、富永は見据えて続ける。

「殿はただただ、葉月家を正しい道に導かれたのみ。これはすべて、上様に対する忠義からにござる。誰かのように、私怨《しえん》で実家を潰すようなおぞましい気持ちでは決してない！」

四郎は愕然とし、何も言えなくなる。そして頭に浮かんだことにはっとなり、詰め寄った。

「まがりなりにも、それがしは御大老格のお手伝いをしたのですぞ。葉月の名を継ぐことと屋敷はあきらめますが、代々守ってきた領地だけは賜りたい。富永殿、さようお伝えくだされ」

平身低頭して願う四郎に、富永は軽蔑《けいべつ》の眼差しを向ける。

「葉月家の領地は天領に召し上げられました。そなた様には、追って沙汰がありましょう。ではごめん」

立ち上がる富永に寄った四郎は、袴《はかま》をつかんだ。

「お待ちくだされ、天領に召し上げるとおっしゃるなら、それがしは、どこの馬の骨とも分からぬ者に奪われていた領地を取り戻したのです。せめて半分、いや、三割だけでもいただきたい。どうか、御大老格にお伝えください」

富永は、困った顔で四郎を見下ろした。

「お伝えするが、期待せぬことです」

「何ゆえ御大老格は、このような仕打ちをされるのです。それがしがいつ、ご機嫌をそこねたのですか」

「自分の胸に訊けばお分かりでしょう」

「まったく分かりませぬ」

「よう考えなされ」

富永はそう言って袴から手を放させ、帰ってしまった。

期待がはずれた四郎は、呆然《ぼうぜん》としてへたり込んだ。

控えていた厚木が歩み寄り、手を差し伸べた。

「殿、ここは冷えますから中へ」

「のう甚六」

「はい」

「わしはいったい、これまで何をしておったのだ。旨いところを柳沢に持って行かれただけではないか」

厚木は返答に詰まり、困った顔で黙っている。

「してやられたわ」

四郎はそう悔しがったが、笑いはじめた。

厚木が案じて言う。

「されど殿、憎い御本家を潰せたのですから、よいではありませぬか」

「ふん、確かにお前の言うとおりだ。憎き弟の家を潰してやったわ」

四郎は自分に言い聞かせるように、潰してやった、と、言葉を繰り返した。

翌日は、冷たい雨が降っていた。

朝餉《あさげ》をすませた四郎は、思い立って一人で出かけた。向かったのは、葉月家の本宅だ。なくなる前に見ておこうと足を向けたものの、近くまで来た四郎は、立ちすくんだ。屋敷はすでに、取り壊しがはじまっていたからだ。

若い頃には家柄を誇りに思い、出入りするのを人に見せて得意満面となっていた表門も崩され、土塀も内側に倒されている。その瓦礫《がれき》を踏み越えて中に入って見れば、母屋も漆喰《しっくい》壁が取り払われていた。

屋根と柱だけになった母屋を呆然と眺めていると、中に大工が現れ、床板を剝《は》がしはじめた。

四郎は歩み寄り、声をかける。

「おい、この屋敷はいつ引き倒すのだ」

手を止めた大工が振り向いて立ち上がり、武家の四郎にぺこりと頭を下げて言う。

「引き倒さず、晴れた日に解体します」

「どこぞの武家地に移築するのか」

「いえ、商家が買い取りやした。いい材木を使ってありますから、高値で売れたようです」

「何、商家だと」

「へい。火事に備えて、材木だけ取っておくと聞いておりやす」

「どこの商家だ」

「あっしは聞いておりやせんが、えらく金持ちだそうです」

家康公の代から徳川家に仕えていた葉月家の屋敷が、商家の備蓄になろうとしている。

四郎は寂しくなり、肩を落とした。

不思議そうな顔をしている大工に背を向けた四郎は、その場を去り、奥御殿のほうへ歩んだ。

雨はいつの間にかやみ、雲の切れ間から青空が見える。

表御殿と奥御殿のあいだにある寝所は、建具が外され、別の大工たちが畳を運び出していた。それを横目に、池に向かう。

幼い頃、よくつかみ取りをして叱られていた黒鯉は、まだ生きているだろうか。

ほとりに立って見ると、覚えのない緋《ひ》鯉が泳いでいる。その緋鯉を追うように泳ぐ大きな黒鯉が目に入り、唇の端を上げて微笑んだ。

「まだ生きておったか」

しゃがんで冷たい水に手を入れ、水面《みなも》に音を立てた。すると、緋鯉を追っていた黒鯉が方向を転じて、四郎の手に近づいて来る。

「餌はないぞ」

顔を出して口をぱくぱくさせる黒鯉にそう語りかけ、廊下にいた大工を呼んだ。

駆け寄った大工に小銭を渡した。

「すまぬが、この黒鯉を湯島天神下の五色家まで、生きたまま運んでくれ。家の者に言うておくゆえ、表の池に入れてほしい」

「こいつはどうも。あっしにおまかせください。そりゃもう、かかあより大事にして、傷ひとつ付けずにお運びしやすんで」

十分な酒手《さかて》に大工は快諾し、嬉《うれ》しそうに腹巻きへねじ込んだ。

無駄口が気に食わぬが、四郎は頼むと一言添えて池を離れ、境が取り払われた奥向きに足を踏み入れた。

母と過ごした思い出がある奥御殿も、建具が外されている。

庭に立って見回せば、腹違いの弟、諸大夫と走り回っていた幼い頃のことが脳裏に浮かんだ。

ことあるごとに競い合い、言い争いをするようになったのは何歳の頃だったか。

父は、お前は辛抱が足りぬと叱り、冷めた目を向けていた。その時は決まって弟がそばに来て、なぐさめてくれた。

五色家への婿入りが決まった時は、領地が隣ということもあり、弟は喜んでいた。

その弟と決別する原因を作ったのは、自分だ。五色家が二千石だった当時、葉月家に隣接する領地をまかせていた山師が、葉月家の山の杉を勝手に伐採し、大金を手にして出奔した。不運だったのは、四郎が知る前に、弟に知られたことだ。お前がやらせたのであろうと言われた時に、腹を割って話せば分かってくれたはず。だが、葉月家の家督を許され、諸大夫となっていた弟への嫉妬《しっと》が、四郎を意固地にさせていた。

罪を認めぬどころか、先に杉を切ったのは葉月家の者だと言い張り、結局、我が身を縮めた。公儀は、諸大夫である弟に味方したのだ。四郎には、ろくに話を聞かずにだ。

山師が勝手にしたこととはいえ、四郎に非がある。だが四郎は弟を逆恨みし、病弱の定光が早世することを願い、葉月家を我が物としようとしたのだ。

何もなくなってしまうのだと思うと寂しくなり、ため息が出る。

今さら後悔したとて後の祭り。

目付役にまでされ、いい気になって張り切っていた己が恥ずかしくなる。そして、柳沢にうまく使われたのだと思うと、怒りが込み上げる。

怒ったところで、どうにもならぬ。

四郎は大きな息を吐き、肩の力を抜いた。

争った竹内は、どうなったのか。

ふと気になり、四郎は葉月家の屋敷から出て、柳沢家に足を向けた。

「殿は只今《ただいま》御公儀の役目でご多忙ゆえ、誰とも会わぬとおおせです。日をお改めください」

対応した小者が取り合わぬが、四郎は粘った。

「五色四郎が、どうしてもうかがいたきことがござるとお伝え願いたい。葉月家のことだと言うていただければ、応じてくださるはず」

「上様の御用以外は受けぬと仰せにございますゆえ、ご容赦を」

門前払いしようとする小者であるが、四郎は食い下がった。

「どうか、頼みます」

困り果てる小者を見かねたのか、脇門が開けられ、富永が出てきた。

「五色殿、話はそれがしが聞きますぞ」

「おお、富永殿」

四郎は頭を下げた。

「押しかけて申しわけない。昨日は訊きそびれましたが、竹内与左衛門とその配下たちの処罰が気になりまいりました。ご存じですか」

富永は渋い顔をした。

「知って、いかがされる」

「今、葉月家の本宅を見てまいりました。御大老格はさすがに動きがお早いと感心いたし、公儀を騙した竹内たちをすでに誅されたかと思い、気になったのです」

嫌味を含めた言いように、富永は敏感に表情を険しくした。

四郎は目を見て、返答を待った。

聞くまで帰る様子がない態度に、富永は仕方なさそうに応じた。

「御公儀は、村上虎丸の願いを聞き入れられ、竹内殿をはじめとする四人の方々は死罪をまぬかれました。今は、牢屋敷に投獄されております」

四郎はなぜか、複雑な気持ちになった。だがそれは一瞬で、自業自得だと思いなおす。気になるのは、罪のない者たちのこと。

「他の家臣たちは」

「改易が決まり、かなり混乱したようですが、大人しく屋敷の明け渡しに応じました。その後はどうなったか知りませぬが、どこぞで浪人暮らしをはじめているのは想像に難《かた》くないかと」

四郎は、神妙な顔でうなずいた。

「村上虎丸は、どうなるのです」

「一人罪を被り、打ち首の沙汰を待っておられます」

あれほど憎かった若者のことが、今は気の毒に思えてならぬ。

四郎は、急に不安になった。

「御大老格は、あの者を死なせるおつもりか」

「今さら、何を言われる」

「竹内は罪な男だ」

四郎は顔をしかめて吐き捨てたが、富永は厳しい目で見据え、不機嫌に言う。

「竹内殿は、あるじの遺言に従ったまでと、判明いたしました」

四郎は目を見開いた。

「弟が、身代わりを立てることを命じたと言われるか」

「それがしが申したのは、定光殿のことです。亡くなる前に、ご自身と瓜《うり》二つの者がこの世にいることを知られ、身代わりにするよう、遺言されたのです。そこまでされた意味は、言わずともお分かりのはず」

四郎は唇を噛《か》みしめた。

「わしに譲らぬためと、言いたいのですか」

「これに、御公儀の沙汰を預かっております」

富永は懐から書状を出し、開いて向けた。

四郎は富永を睨む。

「門前で沙汰をするのか」

「それがしは、殿の名代にござる」

無礼だと言う四郎を無視して、富永は告げる。

「五色家領民より、不当な年貢取り立ての訴状が届き、公儀の者が調べたところ、領地運営に難ありとの結論にいたった。よって領地を召し上げ、家禄《かろく》は蔵米俸給といたす」

愕然とした四郎は、書状を奪い取って目を通した。

「これでは、家禄を半分にされたことになる。納得がいかぬ！」

「御上意ですぞ」

将軍の命だと言われては、抗うことはできぬ。

だが四郎は、怒りに身を震わせ、恨みに満ちた目を富永に向けた。

「このような恥辱を受ける覚えはない。御大老格は初めから、葉月家と五色家の領地が狙いだったのだな。わしに味方するふりをして、うまく利用された。そうであろう」

「領民への酷い仕打ちは事実。ご自身の罪を殿のせいにするとは何ごとか」

「く、おのれ」

富永は睨んだ。

「ここで刀に手をかければ、ただではすみませぬぞ」

四郎は怒りのあまり、無意識のうちに刀の柄《つか》をつかんでいた。はっとして手を離す。

富永は、うろたえる四郎を見据えたまま油断なく身を引く。

「しかとお伝え申し上げた」

そう言って頭を下げ、足早に門内へ入った。

小者たちも入り、柳沢家の門は閉ざされた。

一人残された四郎は、

「皆、大馬鹿者だ！」

悔しそうに叫んだ。そしてうつむき、このわしもな、と言い、肩を落として門前から離れ、とぼとぼと家路についた。

第四話　諸大夫の文

一

「旦那《だんな》様、お鯉さんをお連れしました」

呼びに走らせていた手代が店に戻り、その後ろに、鯉姫がいる。

瑠璃《るり》紺に亀甲《きっこう》模様の小袖《こそで》を粋《いき》に着こなした姿に、判太郎は微笑む。

「よく似合っているね。帯もいい色だ」

「そんなことより、急に呼び出してどしたん。何かあったん」

鯉姫は照れ隠しに、強い口調で言う。

性格を知っている判太郎は気にもせず、手代にご苦労さんと言って下がらせ、鯉姫を自分の部屋に案内した。

八畳の部屋は純白の襖《ふすま》と障子に囲まれ、置いてあるのは黒漆塗りの文机《ふづくえ》のみ。

「ここなら、誰も来ないから」

判太郎はそう言って座るよう促し、向き合って座った。

「番頭と二人で方々に探りを入れたところ、若殿の居場所がはっきり分かったから呼んだんだ」

鯉姫は判太郎の目を見た。

「そんなことだろうと思うとったよ。あれだけ痛い目に遭わされて、まだあの馬鹿に関わるんね」

判太郎はふっと笑った。

「何がおかしん」

「そういうお前さんだって、居場所を探しているんじゃないのかい。翔《しょう》が心配していたよ」

「あいつ……」

余計なことを、と言わんばかりに、鯉姫は桜色の唇を噛《か》みしめる。

「お前さんのほうが危ないと思い、手伝ったのさ。贔屓《ひいき》にさせてもらっている御武家だから、情報は確かだよ」

飄々《ひょうひょう》と言う判太郎に、鯉姫は目を上げた。

「どこにおるん」

「柳沢家の別邸で、座敷牢《ろう》に入れられているようだ。公儀を欺いた罪を一人で被《かぶ》って、竹内様たちの助命嘆願をしているらしい」

「虎丸はそういう奴じゃけ」

鯉姫は、苛立《いらだ》ちの息を吐いて考える顔をした。

「何を考えているんだい」

「なんでもない」

口ではそう言うが、目を合わせようとしない鯉姫。

心配になった判太郎は、居場所を教えたことを後悔した。

「もしも助けに行こうと考えているなら、よしたほうがいい。柳沢様は御大老格だから、家来も多く、屋敷は夜通し見張りがいると聞いているからね。それにあそこは、忍びの者でも入るのは難しいと言われているんだ。そんなところに……」

「行かんよ」

鯉姫は言葉を被せて、判太郎と目を合わせた。

「うちは、馬鹿のために危ない目に遭うつもりはないけん」

神妙な面持ちで言う鯉姫。強気じゃない態度に、判太郎はより心配になる。

「なんだか、いつもの鯉姫じゃないようだけど、わたしの気のせいかい」

鯉姫は判太郎から目をそらした。

「虎丸には恩があるけ、どうにかしてやりたいと思うとったけど、今の話を聞いてどうにもできんと分かって、悲しくなっただけよ」

「ほんとうに、無茶をしないんだね」

「せん」

判太郎はうなずいた。

「それを聞いて安心した。柳沢様は、恐ろしいお方だからね」

鯉姫は、辛《つら》そうな顔でうなずいた。

「旦那様」

廊下から声をかけられて応じると、番頭の弥三八が部屋の前に来た。

「柳沢様の使いだとおっしゃるお方が、いらっしゃいました」

不安そうな面持ちの弥三八に、判太郎はあえて余裕を見せた。

「どなただい」

「富永様です」

「富永様といえば、側近のご家来だね。わたしになんの用だろうか」

「訊きましたが、直《じか》に伝えるとおっしゃっています」

「では客間にお通しして」

「はい」

弥三八は店に戻った。

思い当たることがなく、考えた判太郎は、鯉姫に顔を向けた。

「すぐ終わるだろうから、ここで待っていておくれ」

鯉姫は唇を引き結んでうなずいた。

判太郎は奥の襖を開けて、八畳間を挟んだ表側にある客間に入って下座に正座した。待つこと程なく、弥三八に案内された富永が来た。

平伏して迎えた判太郎が顔を上げると、上座で胸を張って座る富永が、番頭を見た。

「あるじと二人きりで話したいゆえ下がれ」

偉そうな態度に応じた弥三八は、店に戻った。

富永は判太郎を見据える。

「今日来たのは葉月家のことだ。改易と決まったことは知っておるか」

「噂で耳にいたしました」

「そちが申すその噂に、改易の理由は入っているか」

「いえ」

「ならばよい。今日はそちに、確かめたいことがある」

「何でございましょう」

富永は、探るような目つきになった。

「定光殿が身代わりの者だったことを、他言したか」

判太郎は、首を横に振る。

「いいえ。店の者は番頭の弥三八しか知りませんが、口止めをしてあります」

「店の者以外で、そちと親しい者はどうか」

判太郎は鯉姫を案じて、知るはずもないと答えた。

うなずいた富永は、目つきを厳しくする。

「よいか、葉月家のことは決して他言せぬように。言いつけを破ればただちに捕らえ、厳しい罰を科すことになる。さよう心得ておけ」

判太郎は両手をついて訊く。

「若殿は、いえ、身代わりをしていた者は、どうなるのでしょうか。誰にも言いませぬから、お教えください」

すると富永は、渋い顔をした。

「偽者のせいで痛い目に遭ったのだぞ。知ってどうする」

「騙《だま》されていたとはいえ、よくしていただいたものですから、つい気になりました」

「まあ、そちの気持ちも分からんでもない。あの者は近々、死を賜ろう」

想像していたことだが、柳沢の家来から言われると辛い。

判太郎は、悲しい顔を上げて問う。

「それは、決まったことですか」

富永は、判太郎の眼差《まなざ》しを嫌うように、廊下の外へ顔を向けた。

「御大老格は、許されぬおつもりじゃ」

判太郎は、その横顔を見据えて言う。

「御大老格様は、多くの川賊から江戸の民と富を守った者を、無慈悲に殺すとおっしゃいますか」

富永は外を向いたまま、目を下げた。

「かの者がそう望んでおるのだから、仕方あるまい」

「それは、竹内様をはじめ葉月家の方々を守るためでございましょう」

「うむ」

「では、竹内様たちを許されれば、身代わりの者は安心し、自ら死を望むことはなくなるのでは」

富永は判太郎を見た。

「そのようなこと、それがしに言われても困る。御大老格は、葉月家の名誉を守るために、偽者を誅《ちゅう》した後に、定光殿を病死と届けられるおつもりだ」

「しかし……」

「言うな。これはもう決まったことだ。よいか、教えたのは、そちが葉月家を案じていると思うからだ。御家《おいえ》の名誉を汚したくなければ、今のことも他言はならぬぞ」

判太郎はうつむき、大人しく従った。

「しかと申しつけたからの」

富永はそう念押しして立ち上がった。

店の表で見送りをすませた判太郎は、鯉姫が気になり、急いで店に入って部屋に向かった。

「鯉姫、待たせたね」

そう声をかけたが、部屋の中に鯉姫の姿はなかった。

富永との話を聞かれたのか。

判太郎は不安になり、履物を置いているはずの店に出た。

富永を見送って戻った時にはあったはずの、赤い鼻緒の下駄《げた》がない。近くにいた手代に問うと、つい先ほど出ていったと言う。

自分に会わないようにして出たと知り、判太郎は不安が増した。

「ちょっと出てくる」

弥三八と手代に告げて外へ出た判太郎は、坂本一包の家に急いだ。

「ごめんください」

戸口で声をかけると、鯉姫の手下の翔が出てきて驚いた顔をする。

「あれ、頭は双井屋に行ったはずじゃ」

「来ていたが、黙って出ていったんだ。戻っていないようだね」

「喧嘩《けんか》でもしたんですか」

「そうじゃない」

判太郎は翔の腕を引いて、患者の耳目が届かぬ場所へ連れて行き、早くも言いつけを破って虎丸のことを話した。

すると翔は、目を丸くした。

「江戸の川を守った芸州虎丸ですよ。ほんとうに殺されるんですか」

判太郎はうなずく。

「柳沢様の家来がそう告げたことを、鯉姫は聞いたはずなんだ」

翔は重苦しい顔つきをしていたが、判太郎を睨《にら》んだ。

「頭のことだから、虎丸を助けに行くに違いない。なんで聞かせたんだ」

「すまん。柳沢様の屋敷には行かないと約束してくれたから、油断していた。止めなければ」

「頭は馬鹿じゃない。こんな明るいうちに行くもんか。屋敷の下見に行ったに決まっているから、虎丸が捕らえられている屋敷の場所を教えてくれ」

「案内する」

判太郎はその足で、芝に急いだ。

柳沢家の別邸は、中屋敷でも下屋敷でもないが、前の持ち主だった大藩の藩主が、狩を楽しむために森を増やしていたというだけあって、広大な敷地を有する。

判太郎と翔は、鯉姫がいないか気をつけて見ながら、漆喰《しっくい》壁沿いの道をぐるりと回ってみたが、どこにも姿はなかった。

判太郎は焦った。

苛立ちを隠さずうろうろする翔と手分けをして、周囲の町を捜して回った。

二

判太郎と翔が、鯉姫は帰っているかもしれないと話し合い、芝を離れようとした夕暮れ時。桜田にある広島藩の上屋敷では、筆頭家老の浅野右近が、訪ねてきた富永と向き合っていた。

「葉月家のことは今後一切、口に出さぬようにとのお達しにござる」

あいさつを終えるなり頭ごなしにこう言われた右近は、神妙な面持ちで黙っていた。

富永は、葉月家の改易には一切触れず、

「葉月家の存在自体が、抹消されることとなりました」

そう付け加えた。

「すべて、闇に葬られるおつもりか」

厳しい顔で問う右近に、富永はうなずく。

「ならば……」

右近は、虎丸を返してくれと願おうとした。だが、富永が手の平を向けて言葉を制した。

「芸州侯には、葉月家に関わっていた者のことも、すべてお忘れくださるようにとのこと。よろしいか」

村上虎丸を死んだことにしている右近は、何も言えなくなる。

「よろしいですな」

念押しされて、右近は上座に正座する富永の目を見た。そして両手をつく。

「承知、つかまつりました」

富永は安堵《あんど》した顔でうなずき、長居をせず辞去した。

見送りは小姓にまかせ、その場で目を閉じてしばし考えた右近は、やおら立ち上がって家老部屋の奥へ歩み、襖を開けた。

そこには、二人の配下に押さえられた鯉姫がいた。

猿ぐつわを嚙まされている鯉姫は、右近を睨んでいる。

右近は部屋に足を踏み入れ、鯉姫を見下ろした。

「聞いてのとおりだ。御大老格に釘《くぎ》を刺されてしもうた。もはや、我らも手が出せぬ。ここに来た度胸は褒めてやるが、いかに瀬戸内で名を馳《は》せたそなたとて、柳沢様には敵《かな》わぬ。決して、逃がそうなどと思わぬことだ」

鯉姫は何か言おうとしたが、猿ぐつわで言葉にならない。

「解いてやれ」

右近が言うと、若い配下が猿ぐつわを取った。

腕と肩を押さえていた家臣を睨んだ鯉姫は、瑠璃色の着物の胸元を引き合わせて整え、右近に言う。

「虎丸を見捨てるんですか」

恨みを込めた眼差しを真っ向から受け止めた右近は、厳しい面持ちであぐらをかき、鯉姫を見返す。

「藩を潰《つぶ》すわけにはいかぬ。ばれた時は見捨てることになっておった。むろん、殿も承知のことじゃ」

「こうなることが予測できんほど、殿様は馬鹿じゃないじゃろう。なんで身代わりを引き受けたんね」

遠慮がない鯉姫に、右近は残念そうに言う。

「村上虎丸をよう知るそなたなら、殿の気持ちも分かろう」

「殿様も虎丸のように馬鹿じゃと、言いたいんですか」

右近は笑い、すぐに笑みを消して悲しそうな顔をする。

「あの親子は、よう似ておられる」

鯉姫は目を見張った。

「今、なんじゃいうて言いました」

右近は惚《とぼ》けた顔をする。

「殿様と家臣は、親子同然という意味じゃ。まあそれはよいとして、わしが言うまでもなく、そなたのほうが、虎丸の気持ちが分かっておるのでないのか。命をかけてここに来た、そなたのほうがな」

「何が言いたいんです」

「そなたの気持ちを知りたい」

「うちはただ……」

目をそらす鯉姫に、右近は探る面持ちをする。

「惚《ほ》れておるのであろう」

「それは違う」

大声で否定する鯉姫に、右近は微笑む。

「では、恩を返すためか」

鯉姫は否定しない。

「ほうよ、恩義よ。じゃけん、義を重んじる虎丸が、育ての親と殿様に言われて身代わりを承知した気持ちは、分からんでもないけど」

目を見て言う鯉姫に、右近はうなずく。

「己のことより、人の幸を願う気持ちは、殿よりも、虎丸のほうが勝っているようじゃ。恩ある葉月家の危機を救うべく、その虎丸を遣わされた殿は、葉月家の改易を知られれば悲しまれようが、後悔はされぬはず。わしには、殿のご心中が分かるのだ。それゆえ信頼をいただき、こうして江戸に来ておる」

鯉姫は唇を引きむすび、悔しそうな顔をして言う。

「身代わりになったわけは、虎丸から聞いてます。広島の殿様は、家来を死なせることになっても、葉月家を救おうとしたことで恩を返した。そう言いたいんですか」

右近はため息をついた。

「結果よりも、何をしたかが大事なのだ」

「綺麗《きれい》事は聞きとうない。御家のために、虎丸を助ける気はないんじゃね」

鯉姫の言葉に配下の侍が憤った。

「無礼を申すな」

「よい」

右近に止められた配下は、頭を下げて応じる。

右近は、配下を睨んでいる鯉姫に言う。

「先ほど使いの者が申したことは、柳沢様の忠告だ。我らが虎丸の助命を願えば、広島浅野家は潰される。虎丸がそれを望むと思うか」

鯉姫はうつむいた。

「命をかけて葉月家を守ってきた虎丸が、そんなことを望むはずない」

「そういうことだ」

「分かった。もう頼まんけ、帰らせて」

右近がうなずくと、配下の侍たちは鯉姫から離れた。

立ち上がった鯉姫は、右近に軽蔑《けいべつ》の眼差しを向けて帰ろうとするも、

「命を粗末にするな」

そう声をかけられる。

鯉姫は立ち止まったが、振り向かず庭から走り去った。

目で追っていた右近は、前を向いて浮かぬ顔をする。

廊下から重臣が入ってきて、右近の前に座した。

「御家老、まことに若君を助けられないのですか」

右近は睨んだ。

「ばれた時は見捨てる。これは上意である」

藩主の覚悟を知った重臣は、両手をついて頭を下げた。


「結局、自分の身が可愛いだけじゃろが。何が御家のためよ、ほんまに腹が立つ」

ぶつぶつ言いながら歩いていた鯉姫は立ち止まり、

「こうなったら、うちが逃がしちゃる」

そう決めると、芝に走った。

道具屋でいる物を買い揃え、店が閉まってからは、名も知らない神社の境内に入って、祠《ほこら》の床下で寒さをしのぎながら夜が更けるまでとどまった。

頃合いを見て出ると、柳沢の屋敷へ走った。

月明かりを頼りに、忍び込む場所を探して裏手に回り、他より低い土塀を見つけて、懐から鉤縄《かぎなわ》を出した。

頭の上で回して投げ、瓦《かわら》にかかったか引いて確かめる。

道具屋で適当な材料を揃えて自分で作った物だが、耐えられそうだと分かったところで、路地の人気を探る。そして、縄を輪にして足をかけ、踏ん張って背伸びし、土塀の上にある縄をつかんだ。

着物の裾が割れて足が露《あら》わになるのも気にすることなく、土塀に足をかけてよじ登る。中を探ると、もはや庭とは言えぬ広大な森が広がっていた。

「さすがは御大老格様か、これじゃ捜すのが大変じゃ」

だが森は身を隠せると思い、飛び下りた。

枯れ葉の音に用心しながら木々のあいだを進み、開けたところに出た。明かりがない建物が、月明かりに黒く浮かんでいる。

広大な庭に見合う大きな建物は、静寂に包まれている。

何十とあるだろう部屋から虎丸を見つけるのは、家臣たちに気付かれる恐れが増す。だが鯉姫は、あきらめるつもりはない。用心して建物に近づき、一部屋ずつ捜した。ほとんど空き部屋だが、中には寝息が聞こえる部屋もある。

息を殺して探り、八つ目の部屋を調べ終えて廊下の角を曲がった鯉姫は、庭を挟んだ先にある建物を見て目を細めた。

廊下に並ぶ外障子の中で、一ヵ所だけ、障子ではなく襖を閉められている部屋がある。

座敷牢と聞いていた鯉姫は、あそこにいるに違いないと思い庭に下り、建物へ急ぐ。

月明かりを避けて廊下を回り、暗闇の中にある襖を開けてみる。すると、微《かす》かに衣擦《きぬず》れの音がして、人の気配がある。鯉姫は一旦《いったん》下がって警戒するも、曲者《くせもの》だと言って出る者はいない。

ふたたび襖に近づき、

「虎丸、そこにおるんね」

小声をかけると、

「いね《帰れ》」

虎丸の声が返ってきた。

「何ようるんね、一緒に逃げるよ」

強引に連れ出すつもりで鯉姫が中に入ろうとした時、背後から腕をつかまれた。

はっとして振り向いた鯉姫は、その途端に鳩尾《みぞおち》を打たれてしまい、しくじったと思ったがもう遅い。抗《あらが》うことができず、気を失ってしまった。

ふ、と息を吹き返した鯉姫の目に見えたのは、敷かれた小さな石だった。はっとして頭をもたげると、そこは小路《こうじ》だった。

立ち上がって見れば、見覚えのある長い漆喰壁が続く道。

柳沢邸の外に出されていたことに驚き、腹の痛みに顔をしかめて、鳩尾に手を当てて呻《うめ》いた。

胸に何か入っていることに気付いて出して見ると、

「虎丸の命が心配ならば、二度と来るな」

と、走り書きされた紙だった。

一斎の仕業と知る由もない鯉姫だが、味方が中にいることに安心して土塀を見上げた。

「虎丸、死んだら許さんけえね」

目にうっすらと涙を浮かべてそう独りごち、暗い道を走り去った。

三

その二日後——。

朝早く登城した柳沢は、綱吉のところへ行く前に御用部屋に入り、硯《すずり》に墨を磨《す》った。

筆を走らせたのは、牢屋敷に収監している竹内たち四人を罰する指示の書状だ。

書き終えて花押を記し、別の紙に筆を走らせる。

村上虎丸。

右の者は、公儀を欺いた大罪人に候。

よってこの者に、大老格の名をもって打ち首を命ずる。

書をしたためたところで一旦筆を止めて見つめ、

「芸州虎丸を死なせるのは惜しいが、竹内らも誅し、すべて終わらせる」

そう言うと、ふたたび筆を取った。

日付を入れ、花押を記そうとしたところに、小姓が来た。

「ご無礼つかまつります」

「なんじゃ」

花押を書かず筆を置いた柳沢は、廊下で片膝《かたひざ》をつく小姓に顔を上げた。

小姓が頭を下げて言う。

「上様が急ぎ来るようにとのお達しでございます」

柳沢は、書きかけの物を見つめ、新しい紙を被せて立ち上がった。

小姓を下がらせ、一人で廊下を急ぎ、綱吉がいる休息の間に向かった。

入り口で声をかける。

「上様、お呼びでございますか」

「入れ」

「はは」

小姓が障子を開ける。

十八畳の下段の間に入った柳沢は、一人で上座に座している綱吉の顔色をうかがった。

大老格として御用部屋に詰める前は、この下段の間に詰めて政務をしていた柳沢だ。綱吉のこころの動きは手に取るように分かると自負している。

今朝の綱吉は、何かを憂えた難しそうな表情をしている。柳沢を見る目も、いつもよりは厳しい。

何も落ち度はないはず。

そう思いながら目を伏せて歩みを進め、座して平伏する柳沢。

綱吉は面を上げさせ、目を見て言う。

「葉月の家臣たちをどうするか、決めたのか」

「はい。厳しく罰するべく、先ほど書状の支度を終えました」

綱吉はうなずかず、顔を横に向けた。

「余は、赤穂の忠臣たちを大勢死なせた。もう二度と、あのように後味の悪い思いはしとうない」

生かせ、と暗に言う綱吉に、柳沢は言葉を選んだ。

「身代わりを立てて御上を欺いた者をお許しになれば、この先必ず、葉月を見習う者が出ましょう。そうなっては、血の結束が崩壊します」

綱吉は、柳沢の顔を見ようとせず、眼差しを畳に向けた。

「血の結束と申すか」

「はい」

「余は、村上虎丸のことを調べさせた。あの者は、安《あ》芸守《きのかみ》（綱長）の庶子じゃ。つまり徳川の血が流れる者ぞ。それでも誅すのか」

柳沢はうつむき、頬が引きつりそうになるのを堪《こら》えながら黙考した。そして顔を向ける。

「されば村上虎丸のことは、上様の御意に従いまする」

綱吉は、ため息をついた。

「安芸守が江戸におれば呼びつけて、ようも余を謀《たばか》ったと叱るものを、遠い芸州にいたのではそれもできぬ」

柳沢は探る目を向ける。

「お叱りのみで、すまされますか」

綱吉が目を向ける気配に、柳沢は顔をうつむけた。

「安芸守のことはよい。その倅《せがれ》のこともしばし考えるゆえ、今は誰も罰するな」

「誰も……」

驚いた柳沢は顔を上げて、両手をつく。

「上様、葉月家の旧臣四名の処罰は、それがしめにおまかせください」

すると綱吉は正面を向いて、柳沢を見定める眼差しをする。

「そちは、身代わりのことは口実にすぎず、そもそも諸大夫の家を潰し、家臣を罰したいのであろう」

厳しい顔で言う綱吉に対し、柳沢は顔色を変えず、落ち着いて言う。

「他意はございませぬ。それがしは、御上を欺いた者を許せないのです」

「そちは、わしを欺いておらぬと言えるのか」

柳沢は綱吉の顔を見ず、両手をついたままの姿勢を崩さず言う。

「上様を欺いたことなど、一度もありませぬ」

「そうあってほしいものじゃ」

綱吉は意味ありげに言い、懐から一通の文を出した。

「これは、諸大夫が余に手渡した物じゃ。倅定光がそちに追い込まれた時に、開けてくれと言いおった。届けたその日に命を落としたゆえ遺言として受け止め、今日まで開けておらなかったが、その定光が没しておったとはな」

「定光殿は間違いなく、病死にございます。葉月家家老の竹内が、正直に答えました」

「誰もそちが殺したとは申しておらぬ。諸大夫が何を言いたかったのか気になり、そちの前でこれを開けてみようと思うたまでじゃ」

柳沢は、綱吉が文の封を切ろうとするのを止めた。

「お待ちください。それがしは、赤穂浅野と広島浅野を潰すことを企てておりませぬ。諸大夫が何を書き残しているかは分かりませぬが、その文は恐らく、それがしを貶《おとし》める罠《わな》でございます」

綱吉は文を持った手を膝に置き、柳沢に疑念の目を向ける。

「何ゆえそう思う」

柳沢は目を下に向けた。

「その頃の諸大夫とそれがしは、上様のご寵愛《ちょうあい》を争っていたからにございます」

「諸大夫は清廉潔白の男であった。その諸大夫が、人を貶めるとは思えぬ」

綱吉がふたたび封を切ろうとすると、柳沢は焦りの色を浮かべた。

「上様、それがしが間《ま》違《ちご》うておりました。これからは何ごとも、上様の思《おぼ》し召しに適《かな》うようご奉公いたします。どうか、過ぎたることにはお目をつぶられますよう、伏して、お願い申し上げまする」

平身低頭して願う柳沢を見下ろした綱吉は、唇に薄い笑みを浮かべた。

「面を上げよ」

応じて顔を上げる柳沢に、文の封を切らず懐に戻して見せた綱吉は、目を見て言う。

「余の望みは、先ほど申したとおりじゃ。葉月家のことは、よきに計らえ」

「御意」

「下がれ」

「はは」

柳沢は頭《こうべ》を垂れたまま廊下まで引き、深々と頭を下げて帰っていった。

綱吉はふたたび書状を取り出し、まじまじと見つめて言う。

「新之助《しんのすけ》、これでよいのか」

すると、隣の間との襖が開けられ、一人の若殿が出てきた。

見るからに好人物の雰囲気が漂う若者は、綱吉も一目置く紀州《きしゅう》の若き藩主、徳川吉宗《よしむね》だ。

そばに来て座した吉宗は、爽《さわ》やかな笑みを浮かべて平伏した。

綱吉は鼻先で笑う。

「涼しい顔をしおって、この策士めが」

「おそれいりまする」

「まあよい。この文は、葉月家の者を高く評するそちに預けておく」

「はは」

吉宗は諸大夫の文を受け取り、頭を下げる。

「もうひとつ、お願いがございます」

「言わずとも分かっておる。そのことは、後で沙汰《さた》をする。今日は下がれ」

「吉報を楽しみに、お待ちしておりまする」

吉宗は頭を下げた。

「ところで、そちはいつ、国許《くにもと》へ発《た》つことになっておる」

「桜の時季に、よい折りを見て発ちまする」

「数少ない話し相手が江戸を留守にするのは寂しいが、国許をよう見てまいれ」

「はは」

辞去した吉宗は、柳沢とは別の廊下を歩んでいった。

いっぽう、御用部屋に戻った柳沢は、書き終えていた書状と、書きかけの物を手に取り、不機嫌極まりない様子で破った。

吉良上野介との密談を聞かれたのは、柳沢らしからぬしくじり。

吉良の家来が諸大夫の命を奪ってくれたことは幸いだったが。

「諸大夫め、まさか上様に託しておろうとは……」

柳沢は、忌々しそうな面持ちで言い、虎丸と竹内たちを誅する書状をにぎりしめた。そして手あぶりの炭火に当て、火をつけた。

ゆらゆらと燃える火を見つめる柳沢の顔に、程なく、たくらみを含んだ笑みが浮かんだ。

四

夜になり、真っ暗な座敷牢の中で横になっていた虎丸の背後で、襖が開けられた。

明かりにより、襖に格子の影が映える。

起き上がって膝を転じると、燭台《しょくだい》を持った宗雪が入り、歩み寄る。

「良い話と、悪い話がある」

立ったまま見下ろして告げる宗雪を、虎丸はあぐらをかいて見上げた。

「ええ《良い》話から言うてくれ」

宗雪は穏やかな顔をした。

「おぬしが案じていた竹内たち四人は、今日の昼に牢から出され、その場で江戸払が言い渡された。すでに江戸を離れたそうじゃ」

「ほうか」

安堵する虎丸に宗雪が続ける。

「竹内が、おぬしにすまぬと伝えてくれと言うていたそうじゃ。これで満足か」

虎丸は、笑ってうなずく。

　宗雪は表情を一変させ、険しい面持ちで言う。

「四人の命と引き換えに、おぬしはあの世行きじゃ。明日、首をはねることとあいなった。芸州虎丸を死なせるのは、まことに残念至極」

「葉月家に入った時から、覚悟はしとる」

「とどのつまり葉月家は潰れたのじゃ。首謀した四人に、まんまと利用されただけではないか」

「潰したのはわしのせいじゃけ、竹内らぁは悪うない」

「ふん、御上を欺いておったことは、悪くは思うておらぬ口ぶりじゃな」

「爺《じい》さんには釈迦《しゃか》に説法かもしれんが、将軍には家来が何千何万とおるんじゃけ、葉月家が欠けても、痛《いと》うも痒《かゆ》うもないじゃろう。じゃけど葉月家のもんは、若殿を喪《うしの》うて生きるか死ぬかのところにおった。わしが身代わりをすることで家臣やその家族が生きていけるんなら、それでええと思うた」

　宗雪は笑った。

「確かに、血を受け継いだというだけで、おぬしより遥《はる》かに役立たずの者が将軍家に仕え、偉そうな顔をしてのさばっておる。じゃが、武家は御家柄が大事。血筋を重んじるのじゃ。将軍が実は影武者であったなら、どうなると思う」

「そりゃ、天地がひっくり返るじゃろうの」

「さよう。大騒ぎではすまぬ。冷遇されておる外様《とざま》が兵を挙げ、たちまち世が乱れるのは想像に容易《たやす》い。それと同じで、おぬしをまことの殿様と信じて奉公していた家臣の中には、世間に恥をさらした竹内やおぬしを恨み、武士の一分をつらぬいて命を奪わんとする者がおるはずじゃ。その者を不幸にしたとは、思わぬのか」

　虎丸は下を向いた。葉月家の庭で跪《ひざまず》かされていた家臣たちの悔しそうな顔が、そして、板塀越しに聞いた月姫の悲しそうな声が、頭の中で響いた。

「そう言われると、胸が痛い」

「痛いか」

「うむ」

「己の向上欲だけで身代わりを引き受けておったと思うていたが、どうやら違うようじゃな」

　虎丸は宗雪の目を見た。

「わしは、自分のためじゃと思うたことはなかったが、傷ついた者がおるなら、罪なことをした」

「反省しておるなら、それでよい。むざむざ首をはねられることはあるまいよ」

虎丸は、眉間《みけん》に皺《しわ》を寄せた。

「そりゃ、どういう意味なん」

「おぬしの首を、罪人のごとくはねさせとうない。そう思うたまで」

宗雪は微笑み、背後に手を回して瓢箪《ひょうたん》を前に置き、懐から盃《さかずき》を取って差し出した。

「わしと、一杯やってくれぬか」

虎丸は受けた。

「別れの酒か」

宗雪は返事をせず虎丸に瓢箪をかたむけ、自分の盃にも手酌をした。

互いにうなずき、盃を空けた。

宗雪がふたたび酒をすすめ、二杯目を飲んだ時に顔を見てきた。

「おぬしが川賊と戦うところを見たことはないが、聞いたところによると二刀流を使うそうじゃな。剣は誰から習《なろ》うた」

「養父から教わった」

「とすると、村上海賊の剣か。この目で見てみたいものじゃ」

「門外不出じゃけ、試合はせん」

「見た時は、倒されるというわけか」

「そこまでは言わんけど、試合をする気分じゃない」

ため息をついて酒を飲んだ宗雪は、瓢箪を虎丸の前に置いて立ち上がった。

「ゆっくり飲むがよい。明日、また会おう」

虎丸はうなずき、宗雪を見送った。置かれたままの蠟燭《ろうそく》の明かりの中で手酌をして、盃を見つめる。

「明日は、あの世で母上と会えるかの」

ぼそりと口に出し、それも楽しみだと思うと笑みがこぼれた。

瓢箪を空にして仰向けになり、目を閉じた。

「やるだけのことはやった」

悔いを残さぬよう自分に言い聞かせ、目を閉じた。

ふと目を開ければ、蠟燭は絶え、襖の隙間が薄明るい。

眠らないつもりだったが、酒に酔ったせいでいつの間にか時がすぎていた。

もうすぐ朝が来る。

起き上がった虎丸は、瓢箪を取って飲もうとした。

一滴の酒も落ちない。

瓢箪を投げ捨てた虎丸は、あぐらをかいて格子に背中をあずけた。その途端に、仰向けに倒れた。座敷牢の戸が開いたのだ。

驚いて見れば、昨夜はかかっていたはずの錠前がはずれて落ちていた。

虎丸は眉根《まゆね》を寄せて考えた。

「鯉姫が来たんじゃろうか」

だとしても、まったく気付かないはずは……、

「あるか」

鯉姫が葉月家の寝所に忍び込んで、腹に跨《また》がっていたことを思い出した。

その時の肌の温《ぬく》もりを思い出し、部屋を見回してみても、鯉姫の姿はない。

宗雪だろうか。

それならあり得る。

竹内たちが江戸にいないなら、逃げてもいいはず。

そう思った虎丸は、座敷牢から出た。

光の線が見える襖に沿って歩いていると、

「待て」

背後から声をかけられた。

振り向くと、奥の暗がりに、先ほどは気付けなかった人影がある。

息を呑《の》んで立っていると、人影が歩んできた。

近づいて顔が見えた虎丸は、目を見張る。

「一斎殿、どうしてここに」

「よいから来い」

虎丸の腕をつかみ、有無を言わせず座敷牢に押し込めた。

戸を閉めた一斎が鍵《かぎ》をかけるのを見て、虎丸は止める。

「師匠、逃がしに来てくれたんじゃないんですか」

「師匠と思うておらぬくせに、調子のよいことを申すな」

「ほいでも、師匠が鍵を開けたんでしょう」

「わしは、むすびを持って来てやっただけじゃ」

食えと言われて出されたむすびを見て、虎丸はまた驚いた。

「まさか、今までむすびを置いてくりょったのは師匠ですか」

「雉《きじ》の肉は旨《うま》かったか」

「はい。でもなして」

「なして？」

「どうして、ここに」

「まあそれはよいではないか」

「月姫は……」

問いかけてやめる虎丸に、一斎はほくそ笑む。

「どうされておるか、やはり気になるか」

「いや、別にそういうんじゃ」

「姫は悲しまれておる」

「騙したのは、悪いことをしたと思うとります」

「定光殿のことではない。今は、おぬしが捕らえられたことを悲しまれ、案じておられる」

虎丸はきつく目を閉じ、頭を振る。

「嘘じゃ」

「この場で嘘を言うてどうする」

「もうすぐあの世に行くけえ、作ってよってん《言われているの》でしょ。わしのために下男にまでなって、気にしてくれてのくらいじゃけ」

「ここだけの話じゃが、おぬしを死なせるなと、殿から命じられておる」

「筑前守様が、わしのことをですか」

虎丸は恐縮した。

一斎は険しい表情を崩さず言う。

「殿はああ見えて、おぬしのことを気に入っておられるのだ。騙しておったことは、許されることではないがの」

虎丸はうつむいた。

「申しわけないと思うとります」

「もうあやまらずともよい。これを食うて、大人しゅうしておれ」

持って来ていたむすびを差し出された虎丸は、手を付けずに一斎を見た。

「死なせるなと言われとるのに、どうして出してくれんのですか」

「これは罠だ。宗雪が外で待ち構えておる。一歩でも屋敷から出れば、命はない」

一斎は厳しい顔でそう言った。

虎丸は信じられなかった。

「でもわしは、今日首をはねられるんですよ」

「それができぬから、罠を仕掛けたのだ」

　虎丸は、眉根を寄せた。

「どういうことですか」

「宗雪が、今日首をはねると言うたのか」

「はい」

「それは、おぬしを逃げる気にさせるための嘘じゃ」

「嘘？」

「さよう。上様は御大老格に、おぬしと竹内たちを生かせと命じたのじゃ。殿からそのように聞いておるゆえ、間違いない」

「竹内らが江戸払になったのは、ほんまなんですね」

「それも、おぬしを逃げる気にさせるための嘘じゃ。四人はまだ、牢屋敷におる。ここで御大老格は、おぬしが逃げたためにやむなく殺したことにするつもりじゃ。大人しゅうしておれば、命を取られぬ」

　そう言った一斎は、気配を察した顔を襖に向けた。

「よいか、わしを信じて、決して出るでないぞ」

　小声で告げて立ち上がり、外へ向かおうとするのを虎丸が止めた。

「丸腰で行くんですか」

すると一斎は、

「わしを誰と思うておる」

余裕の笑みを浮かべて、襖を開けて出た。

背中を丸め、下男のふりをして草履をつっかけて庭を歩いていると、行く手に宗雪が現れ、睨んできた。

一斎は愛想笑いをして頭を下げた。

「むすびを置いてきました」

仕事に戻る体で横にそれて行こうとすると、宗雪が立ちはだかった。

「鼠がおる気がしていたが、まさか下男だったとはな。何者だ」

「朝からお戯れを、あたしはご覧のとおり、痩《や》せっぽちのみすぼらしい年寄りでございますよ」

一斎が言い終える前に、宗雪は抜刀して一閃《いっせん》した。

咄嗟《とっさ》に飛びすさってかわす一斎の表情は、剣客のものに一変している。

宗雪はほくそえんだ。

「誰の手の者じゃ。芸州侯か、それとも村上家の者か」

答えるはずもない一斎は、厳しい顔で問う。

「虎丸が不思議がっておったぞ。生かす気もない者に何ゆえ大太刀まで渡して、身体を鍛えさせた」

　宗雪は刀を右手に下げ、薄い笑みを浮かべた。

「わしは、あの者が打ち首と決まれば、真剣で戦うつもりであった。楽しみにしておったのに、その楽しみを将軍が奪いおった。ゆえに、逃げて出てくるのを待っておったのだ」

「やはり思ったとおりか。このことが上様のお耳に入れば、ただではすまぬぞ」

　宗雪は怒りの眼差しとなり、刀を向ける。

「おのれを生かして出さねばよいことじゃ。わしの邪魔をしたことを、後悔するがよい」

　言うなり猛然と迫り、斬りかかる。

　かわした一斎は逃げようとしたが、行く手に一人の家臣が現れた。何も知らぬ様子のその者は、一斎を見て立ち止まった。

「なんだそちか、そんな怖い顔をして、何を焦っておる」

　下男と上役の仲である四十代の家臣が、驚いた顔をしている。

「そ奴を斬れ！」

宗雪に命じられた侍は、哀れむ顔で一斎を見た。

「宗雪様お待ちを、この者が何をしましたか」

前に出てかばう家臣に苛立った宗雪が、片手打ちに斬った。

呻いた家臣は、刀も抜かず昏倒《こんとう》した。

息絶えた家臣を見た一斎は、宗雪を睨む。

「この者は、御大老格の家来であろう」

「曲者を見抜けぬ役立たずを、始末したまでじゃ」

可哀そうなことをしたと思う一斎は、帯に忍ばせていた小柄《こづか》を投げ、宗雪が刀で弾《はじ》き飛ばした隙に、倒れている家臣の大刀を抜いた。

「この者の無念は、わしが晴らす」

「じじい、少しはできるようだな」

一斎は宗雪を見据える。

「おぬしもな、じじい」

両者睨み合った一拍の後、同時に気合をかけて出る。

振り上げて打ち下ろす刀をぶつけ、引いて離れた刹那《せつな》に、地を蹴《け》って飛び、ふたたび刀を打ち下ろしてぶつけ合う。

鍔迫《つばぜ》り合いをし、一斎が押し離す。下がりながら刀を打ち下ろした宗雪の一撃を打ち払い、頭めがけて、刀身を鋭く打ち下ろす。

受け止めた宗雪は一足跳びに間合いを大きく空けた。そして、右手に刀を下げてにやける。

「あら楽しや」

闘いを喜ぶ宗雪に対し、一斎は険しい面持ちだ。

宗雪は刀を下げたまま、無防備に間合いを詰める。

一斎が袈裟《けさ》斬りに打ち下ろす。

宗雪はその太刀筋を見切ってかわすやいなや、右手一本で斬り上げる。

一瞬の隙を突かれた一斎の左上腕の袖がぱっくりと割れ、手首に血が流れた。だが一斎は、顔色ひとつ変えずに宗雪と対峙《たいじ》し、両手で持つ大刀の切っ先を相手の喉《のど》に向け、右足を半歩出して構えた。

宗雪も両手で刀を持ち、切っ先を右に下げる。その刹那に飛び、一斎の腹をめがけて一閃した。

一斎は、左の脇腹に迫る刀身を弾いたと同時に鋭く突く。

「うっ」

呻いたのは宗雪だ。その胸には、刀が突き刺さっている。

顔をしかめた宗雪が、一斎を睨む。

刀を引き抜く一斎。

宗雪は苦しみの表情だが倒れず、刀を振り上げて斬りかかる。

一斎は刃をかい潜り、宗雪の胴を斬り抜けた。

振り向いた宗雪は、右手の刀を振り上げた。だが、力尽きて仰向けに倒れ、目を開けたまま息絶えた。

「おのれ曲者！」

怒号が庭に響いた。外で待ち構えていた宗雪の配下たちが、戻りが遅いのを気にして見に来たのだ。

一斎は、斬りかかってきた配下を一刀で斬り伏せ、横手から斬りかかった別の配下の一撃をかわし、背中を斬る。

廊下を走ってくる他の配下たち。

一斎は引き、庭を走って森に逃げ込んだ。

万が一のために退路を調べていた一斎は、迷うことなく森を駆け抜け、屋敷から逃げた。

座敷牢の中で外の騒ぎを聞いていた虎丸のところに、宗雪の配下が入ってきた。

着物も袴《はかま》も闇に溶け込む色合いの物を着けている配下は、忍びだろうか。

刀を右手に下げた二人の配下が、虎丸を睨んでいる。

「今のじじいは何者だ」

「なんのことや」

「惚けるな。言え、何者だ！」

「おい、よう見いや。鍵がかかっとるのにどうやって知れ言うんなら」

「黙れ！　ここに来ていた下男のじじいだ。知らぬとは言わせぬ」

「柳沢を恨むもんじゃないんか。仲間なら、わしも逃げとるわい」

「おのれ……」

配下たちの様子から、一斎がうまく逃げたと悟った虎丸は、

「知っとっても、お前らに言うわけがなかろう」

そう言って、睨み上げた。

配下の一人が刀を向けた。

「ならば、しゃべりたくしてやるまでだ」

虎丸は不敵な笑みを浮かべ、

「拷問しても無駄じゃ。言うとくが、わしを殺しゃあ、今逃げたもんが将軍に伝えるで。そうなりゃ、柳沢はどうなるじゃろうかのう」

強気に出る。

顔を見合わせた配下は、苛立ちの声を吐いて刀を鞘《さや》に納め、虎丸を睨んだ。

「生かされても、御上を欺いたお前はどうせ死ぬまでここから出られやしない。お頭は、お前を武士らしく死なせてやろうとしたのだ。そこで朽ち果てろ」

精一杯の捨て台詞《ぜりふ》を吐き、二人は出ていった。

息を吐いて頭を垂れた虎丸は、仰向けになって暗い天井を見つめ、自分の行く末ではなく、竹内たちのことを心配した。


柳沢が宗雪のしくじりを知ったのは、登城の支度を終えた時だった。

庭で片膝をつく宗雪の配下に、不機嫌に問う。

「宗雪を斬った者の正体は、突き止めたのであろうな」

「村上虎丸に問いましたが、答えませぬ。拷問をお許しください」

「己の身を捨てて竹内たちを守る者が、口を割るはずもなかろう。曲者を逃がしたそのほうらに罰を与えたいところじゃが、宗雪の死に免じて此度《こたび》は許す。屋敷を抜かりなく守れ。虎丸がおるあいだは、新しく人を雇ってはならぬ」

「はは」

去る配下を厳しい目で見る柳沢の前に富永が来て、片膝をついた。

「今度はなんじゃ」

不機嫌に言う柳沢に、富永は神妙な面持ちで頭を下げる。

「たった今、城から上様の使者がまいりました。座敷牢にいる村上虎丸に、上様が選ばれた目付役を付けよとのお達しにございます」

信用されていないことに、柳沢はより不機嫌になった。

「宗雪のことが耳に入ったか」

「それは分かりませぬ」

「まあよい。承知したと伝えよ」

「はは」

お達しを理由に登城を遅らせた柳沢は、文机の前に座した。

諸大夫の文のせいで、将軍の寵愛を失ったと思う柳沢は逆恨みし、白い紙を憎々しい目で見つめる。しばし策を考え、まとめた柳沢は不敵な笑みを浮かべ、一通の密書をしたためた。

五

虎丸が座敷牢に入れられたまま、日にちがすぎてゆく。

江戸の町は穏やかで、人々は安寧に暮らしている。

その江戸から数里離れた東海道を、一人の男が江戸に急いでいる。

街道のすぐ横にある梅畑では、紅い花が満開となり、旅人たちの足を止めさせている。

梅の香りを喜ぶ男女の後ろを通りすぎる男は、編笠《あみがさ》を被り、黒羅紗《ラシャ》の長合羽《ガッパ》を着けた男だ。

道端にある茶店にさしかかった。

長床几《しょうぎ》に腰かけて休んでいる旅の行商が、男が前を通りすぎる時に、一瞬だけ表情を厳しくした。

鋭い眼差しを前に向けている男は、気付かぬ様子で歩み去る。

湯飲みを置き、銭を払った行商の男が、男の後に続く。

少し進んだところでは、背負子《しょいこ》に梅の枝を入れた百姓の男が畑の小道を駆け上がり、行商の男に続く。

付かず離れず、街道を進む三人の男たち。

最後尾の百姓男の後ろから走ってきた五人の役人が、

「道を空けよ！」

そう叫んだ。

百姓男はひょいと道の端に寄り、頭を下げて見送る。

続いて行商の男が道を空けた。

五人の役人のうち三人が男を追い抜き、止まって振り向く。

前を塞《ふさ》がれた男はきびすを反したが、退路を塞ぐ二人の役人が抜刀した。

背後の三人も抜刀し、陣笠と防具を着けた頭が一歩出た。

「城島甚一《じょうしまじんいち》殿、勝手は困りますぞ、殿とのお約束をお忘れか」

城島と呼ばれた男は、編笠の端を持ち上げた。

その鋭い眼差しに、頭は臆《おく》したような顔をするも、それは一瞬のみ。

「ここよりは一歩も通しませぬ。領内へお戻りください」

「咲村《さきむら》、行かせてくれ。わしにとって大切な女《ひと》が死にそうなのだ。死に水を取ったら戻る」

　咲村は顔をしかめた。

「そのようなこと、信じると思うてか。山暮らしが長かったせいで、江戸が恋しくなったのでござろう」

　城島は表情を変えぬ。

　咲村は、眼差しを下げた。城島の長合羽に膨らみはなく、刀を帯びていないと見るや、強気に出る。己の刀を鞘に納め、城島に歩み寄った。

「戻りますぞ。さ、言うことを聞いてくだされ」

「おぬし、無慈悲であるな」

　城島はそう言って睨んだ。

　殺気を感じた咲村は、警戒して離れようとした。その一瞬のあいだに、城島は咲村の間合いに飛び込み、拳《こぶし》を鳩尾に入れる。

う、と短い呻き声をあげた咲村が、苦悶《くもん》の顔をした。

　城島は、咲村の刀の柄をにぎる。

　咲村は倒れまいと歯を食いしばったが、鳩尾を殴られて息ができぬため苦しみ、膝から崩れるように倒れた。

抜けた刀を右手に下げる城島が、役人たちを睨む。

「死に水を取れば戻ってくる。行かさぬなら押し通るぞ」

抜き身の刀を肩に置き、前に出る。

すると役人たちは怖気《おじけ》付き、下がって道を空けた。

城島は、役人の前に刀を投げ、走り去った。

その後ろに行商と百姓が続き、追い付こうとしたが離れるばかり。

「お頭、待っておくんなさい！」

二人は持っている荷物を捨てて、逃げ足の速い城島を必死に追った。

第五話　再興への道

一

神田明神《かんだみょうじん》下の町中に、ひっそりとたたずむ武家屋敷がある。

屋敷のあるじは、旗本の熊井《くまい》頼房《よりふさ》。

熊井家に跡継ぎはいない。

頼房は養嗣子を望まず、己がこの世を去った時は、家禄《かろく》は徳川将軍家に返上したいと親類に願い出て、すでに許されている。

養嗣子をもらわぬのは、病に倒れた妻の杉代《すぎよ》に、いらぬ気苦労をさせぬためだと、熊井を知る者たちは勝手にそう思っている。

それほどに、二人は仲睦《むつ》まじい。

齢《よわい》五十五の熊井は、今は無役で静かに暮らし、寝たきりの妻を誰にも委《ゆだ》ねず世話をしている。江戸の屋敷で仕えていた家来も、若い者は親類縁者を頼って引き取ってもらい、残っているのは独り者の老僕と、下働きの者たちのみ。

そんな熊井家を訪ねる者は、暮らしに必要な物を届ける出入りの商人くらいで、旗本とは思えぬ静かな屋敷だ。

その熊井家の門前に、城島が立っている。

小雪が舞う寒空の下、暗い面持ちでじっと門を見つめ、離れようとしない。道ゆく者は、まるで亡霊でも見たように気味の悪そうな顔をして、足早に去る。人のことなど気にもせぬ城島は、何かを察したように門前から離れ、路地に入った。

程なく、表門の潜り戸が開いた。

城島は、路地の土塀に隠れ、見つからぬように角から目を向けた。

出てきたのは、老僕を連れた熊井だ。

手下からの情報で熊井の日常を把握している城島は、薬を求めに行くこの時を待っていた。

見られていることに気付かない熊井は、町中へ歩んでいった。

城島は門前を走って裏に回り、木戸から屋敷に忍び込み、迷うことなく、寝所がある奥向きに行く。そして廊下に上がり、閉められている障子を開けて入った。

鉄瓶から湯気が上がり、温かくしてある部屋には、寝たきりの杉代がいる。

病にやつれた寝顔は、齢五十八とは思えぬ。

そんな杉代のそばに寄った城島は、そっと手をにぎった。

しばし見つめた後、

「今、楽にして差し上げますぞ」

悲しみを噛《か》みしめ、着物に忍ばせていた懐剣を取り出す。

静かに抜いた鞘《さや》を置き、喉《のど》に刃物を近づけた時、杉代が目を開けた。城島を見て驚き、すぐさま、優しい顔をする。

「仙太郎《せんたろう》、そなた、いつ戻ったのです」

微笑みながら、目尻《めじり》から涙をこぼす姿に、城島は刃物を隠して笑みを浮かべた。

「母上、ご無沙汰《ぶさた》をしておりました」

杉代は心配そうな顔をした。

「殿は、会うことを許してくださったのですか」

城島は笑みを消さず、首を横に振った。

「母上のお身体を案じるあのお方が、わたしのような者を通してくださるはずがありません。今は、出かけておられます」

「勝手に入ったのですか」

「誰にも気付かれていませんから、ご心配なく」

「許されて、江戸に戻ったのですか」

「わたしのことは気になさらず。それより母上、お身体の具合はどうなのですか」

　杉代は手をにぎった。

「まさか、母のことを案じて、黙って抜け出して来たのですか」

苦しんでいるなら、いっそのこと楽にしてやろう。そう考えていた城島は、手下の藤七《とうしち》が知らせたより元気そうな姿に安堵《あんど》し、母の手を夜着の中に戻した。

「ご案じなさいますな。勝手に抜け出しましたが、わけがあるのです。次に来る時は公儀川賊改役の頭になっていますから、頼房殿にも、お喜びいただけるでしょう」

　杉代は、表情を暗くして天井を見つめた。

「気休めでも、嬉《うれ》しい」

「母上、気休めではございませぬ。これはまことのことですから、楽しみに待っていてください」

杉代は微笑んでうなずき、ふたたび目尻から涙をこぼす。

城島は袖《そで》で拭《ぬぐ》い、離れて頭を下げた。

「近いうちに叶《かな》えて来ますから、楽しみに待っていてください」

行きかけた城島は、思い出したように座りなおした。

「わたしが来たことは、くれぐれも言われませぬように。では」

杉代は目を見て、うなずいた。

「お役目欲しさに無理をしてはなりませぬよ。命だけは、大切に」

城島は微笑んでうなずき、静かに障子を閉めた。

下男下女の目をさけて庭を横切り、裏から出た城島は、顔を見られぬよう編笠《あみがさ》を着け、神田の町へ足を向けた。

どこかで腹ごしらえをしようかと考えつつ、適当な店を探しながら質屋の前を通りかかった時、覚えのある熊井の声が中から聞こえた。

立ち止まり、格子窓から店の中を探ってみる。すると、あるじらしき男が板の間に正座し、外に背中を向ける熊井に困った顔をしている。供をしていた老僕を探したが、店の中にも、外にも姿はない。別の用事を申しつけ、そのあいだに金を用立ててもらおうとしているのだろう。

聞こえる会話の内容から、熊井は着物を高く買ってくれと粘っているようだった。

あるじは一見すると困り顔をしているが、熊井に向ける眼差《まなざ》しは、人を見くだした色を含んでいる。

そう思いながら見ていると、案の定、熊井が頭を下げた時、あるじは欲深そうな笑みを浮かべ、すぐに、困り顔となって言う。

「いくら頭を下げられても、この着物には五百文しか出せません」

「そこをなんとか頼む。妻に薬を買ってやりたいのだ」

「ご事情は重々承知しています。ですが熊井様、手前も精一杯の数字を出しているんです。気に入らないとおっしゃるなら、よそへ行っていただくしかありません」

「どうしてもだめか」

「前にお預かりした物だって、高く買ってくれる者がいなくて、うちは損をしたんですから、もう勘弁してください」

そう言われて、熊井は肩を落とした。

「分かった。では、五百文でよい」

あるじは安堵した笑みを浮かべて着物を引き取り、銭を渡した。

城島は戸口から離れて、向かいにある紙屋の軒先に立った。

気付かない熊井は、質屋の前で銭袋を見つめてため息をつき、懐にしまって家路についた。

苦労がにじみ、歳より老け込んだ後ろ姿を見送った城島は、質屋に入った。

帳場に座ろうとしていたあるじが気付き、愛想笑いで迎えた。

「いらっしゃいませ」

城島は、板の間に正座するあるじの前に立った。

「今出ていかれた御仁は、いつも来ているのか」

するとあるじは、先ほど受け取ったばかりで置いたままにしていた着物を、さりげなく背中に隠した。

「どういったご用件で」

「答えよ」

鋭い声音に、あるじは頬を引きつらせた。

「責めに来たのではない。ただ、あの御仁の懐具合を案じているだけだ」

するとあるじは、気の毒そうな顔をした。

「熊井様は、あちこち借財をしてらっしゃいまして、かなりお困りのご様子。なんとかして差し上げたいと思い、うちも儲《もう》けなしで、預かっているのでございます」

嘘には聞こえず、城島は問う。

「五百石の旗本が、どうして金に困っている」

するとあるじは、探る目を向けてきた。

「御武家様は、熊井様とどのようなご縁がおありですか」

「遠い縁者だが、わけあって長年江戸を離れていた。あいさつに行こうとしていたところお姿を見かけて、心配になったのだ」

「さようでございましたか。では、お教えいたしましょう。ただし、手前から聞いたことは内密に」

「分かった」

「熊井様は、御当代で御家を絶えさせることを御上に願われ、病で寝たきりの奥方様のお世話をするために、今は隠居も同然。ご存じのとおり、若い頃は船手方の頭として江戸の川を守ってくださったお方だというのに、御公儀は無慈悲にも、家禄を大幅に減らしたのでございますよ」

「今の家禄を知っているのか」

「詳しいことは知りませんが、噂では、御領地からの実入りは、御家人並ということです」

領地の者は、そのようなこと一言も言っていなかった。

そう思う城島は、あるじを見据えた。

「それは確かか」

「手前などを頼られますから、間違いないかと」

「家を絶えさせると言うたから、そんなに減らされたのか」

「養嗣子をすすめられても断られたことが、御上の怒りに触れたとの噂です。こう言ってはなんですが、熊井様は、奥方様に優しすぎたのですよ。気を使われず養嗣子を立てていれば、手前などに頭を下げなくとも、奥方様に値が張る薬を飲ませてあげられましたのに」

「そうだったのか」

あるじは不安そうな顔をした。

「余計なことを申し上げましたか」

「いや、教えてくれてよかった。商いの邪魔をしたな」

城島は、あるじに礼を言って質屋から出た。

思わぬ熊井の苦労を知り、気が重くなる。

母の世話をしてくれる熊井のためにも、出世をしなければならぬ。

そう自分に言い聞かせた城島は、腹ごしらえをする気も失《う》せ、隠れ家に足を向けた。

隠れ家は江戸の町を南にくだった明石町《あかしちよう》にある。

江戸の海を望める料理屋は、一見すると、どこにでもあるたたずまいで、今日もひっきりなしに、旨《うま》い料理を食べに客が来ている。

城島は店の敷地の裏から入り、客がいる建物とは隔てられた離れに入った。

迎えたのは、右腕の藤七だ。

「皆集まっております」

「うむ」

その足で奥の部屋に行き、先に立った藤七が板戸を開けた。

八畳二間には、江戸の近郊に潜んでいた手下二十人が座しており、揃って頭を下げた。

皆の前に立った城島は、順に顔を見て言う。

「久しぶりであるな。よう来てくれた」

面を上げさせると、一同は引き締まった表情をして、言葉を待った。

城島は言う。

「子細は藤七から聞いたか」

「はい」

「では明日、ことをはじめる。心構えはできておるか」

「はい」

揃った返事に、城島は満足した。

「此度《こたび》は、相手も我らも、一人も死んではならぬ。我らが使う得物はすべて刃引きしてあるゆえ、そのつもりでいてくれ」

そう告げると、店の者が料理の膳《ぜん》を持って入り、皆の前に並べた。

「明日のために、今日はしっかり食べてくれ」

手下たちは喜び、料理に舌鼓を打った。

そしてその翌早朝、船乗りに化けた二十人を従え、料理屋の船蔵に隠していた早船で海に出た城島は、大川《おおかわ》の河口で待ち伏せ、わざと人目に付くところで荷船に襲いかかった。

西国から値の張る陶磁器を運んでいた廻船《かいせん》問屋は、用心棒を荷船に乗せており、激しく抵抗した。

だが、城島の手下は皆、剣の腕に優れ、用心棒たちは次々と昏倒《こんとう》させられた。

残った船乗りたちは震え上がり、武器を捨てて命乞《ご》いをした。

城島は縄もかけず、うつ伏せにさせるのみ。そして荷も奪わず、役人が来るのを待った。

程なく現れたのが、川賊改役の早船だ。

舳《へ》先《さき》に立つ三十代の頭は、元公儀船手方の新谷帯刀《しんたにたてわき》。剣技に優れ、公儀からの期待を一身に背負って張り切り、江戸の川を守っていた。

「わしがおる限り、賊どもの好きにはさせぬ。者ども、かかれ！」

振った采配《さいはい》を捨て、抜刀して意気込む。

ぶつけられた船から配下の捕り方が乗り移り、賊どもに打ちかかる。

だが、城島と手下たちには敵《かな》わず、打ちのめされ、川に落とされていく。

その闘いぶりと手《て》強《ごわ》さに泡を食った捕り方が、逃げ戻ろうとした。城島の手下が追って背中を打ち、打たれた捕り方は荷船で悶絶《もんぜつ》した。

城島が、早船にいる新谷に言う。

「おぬしでは、江戸の川は守れぬ」

すると新谷は、自信に満ちた顔で城島を見据えた。

「ほざくな」

言うなり大刀を右手に飛び、荷船の舳先に立つ城島の頭上から斬りかかった。

狭い舳先に逃げ場はない。

一刀両断を得意とする新谷の剣技で、賊の頭は打ち倒される。

捕り方の誰もがそう思ったであろう。だが、城島は右腕を額の前に上げて、一撃を受け止めた。

軽い金属音が響き、新谷自慢の刀が折れ飛んだ。

飛びすさった新谷は刀を捨て、脇差しを抜く。だがその時には、目の前に城島が迫っていた。

目を見張る新谷は、慌てて脇差しを振るおうとしたが、鳩尾《みぞおち》に拳《こぶし》を入れられ、呻《うめ》いて腹を抱えた。苦しみに屈《かが》んだ背中を、城島は容赦なく、鉄をはめている右腕で打つ。

鈍い音がして、新谷は船底にたたきつけられた。

苦しみの声を吐き、両手をついて起きようとする新谷であったが、気を失った。

川賊改役がまったく歯が立たない賊たちに、船乗りたちは震えている。

城島はその者たちに向かって、高らかに言い放った。

「荷はすべて、川賊大将がいただく！」

二

一斎が去ってしまったここ数日、出される飯がまずくなり、虎丸は楽しみがなくなっていた。

大太刀を振るう気にもなれず、寝てもさめても考えるのは、竹内たちや月姫のことばかりだ。

首をはねられるはずだったが、今日も朝が来た。何をするでもなく仰向けになり、格子の外に見える天井を見つめながら、物思いに沈んでいる。

襖《ふすま》の外で、廊下を歩く足音が近づいてきた。

一斎にかわって来るようになっていた下男より床を踏む音が大きく思え、顔を向けていると、襖が開けられた。

二人いるが、急に明るくなったせいで眩《まぶ》しく、顔が見えない。

目を細めて起き上がると、人影が足を踏み入れ、歩み寄ってくる。

大老格柳沢だと分かり、虎丸は驚いて正座した。そして、頭を下げずに、定光の言葉遣いで言う。

「小細工をせず、首をはねる気になられましたか」

「頭《ず》が高いぞ無礼者！」

怒鳴る富永に、柳沢が言う。

「そなたは控えておれ」

「はは」

虎丸を睨《にら》んだ富永は、入り口まで下がって正座した。

虎丸と向き合って座った柳沢が、膝《ひざ》に手を置いて頭を下げた。

「宗雪のことは、このとおりじゃ。あれが勝手にした」

虎丸が黙っていると、柳沢は頭を上げた。

「それはさておき、今日はそちに、よい知らせを持ってまいった。上様が、そちと竹内たちを生かすことを願われたのだ」

虎丸は知っていたが、初めて聞いたふりをして立ち上がる。

「では、ここから出してくださるのですか」

柳沢は渋い顔をした。

「そうしたいところだが、そちと葉月家の家臣どもがしたことは大罪だ。このまま赦免すれば、天下に示しがつかぬ。上様もそのことはご承知であり、悩んでおられる」

　やはり無理かと思った虎丸は、開き直ってあぐらをかいた。

「許されんことだとは分かっとりました。死ぬまで牢《ろう》に閉じ込められるくらいなら、首をはねられたほうがええ。覚悟はとうにできとります」

　芸州弁で言う虎丸に、柳沢は薄笑いを浮かべる。

「まあそう急《せ》くな。大きな手柄をあげさえすれば、誰も文句は言わぬ」

「さすがは御大老格、道ばたに転がっとる物を拾うようにおっしゃいますね」

　嫌味たっぷりに言う虎丸に、柳沢は表情を厳しくして言う。

「よい知らせがあると申したであろう。そちの手柄となる話をしにまいったのだ。多くの川賊を捕らえたそちにしかできぬことが、ひとつだけある」

　虎丸は態度を一変させて正座し、勇んで訊《き》く。

「川賊が出たんですか」

　手柄のことよりも先に浮かんだのは、小太郎たちのことだ。

「誰が襲われたんですか。武蔵屋は無事ですか」

　矢継ぎ早に訊く虎丸に、柳沢は不機嫌にならずうなずく。

「案ずるな、襲われたのは武蔵屋ではない。が、こうしているあいだも、賊どもは次に襲う荷船を探しておろう。今この時、手広く商売をしている武蔵屋の荷船が襲われておるかもしれぬ」

柳沢の言うとおりだが、虎丸は疑念をぶつける。

「わしにその話をしに来られたいうことは、川賊改役がやられたんですか」

「期待する者であったが、ことごとく討ち果たされた」

「討ち果たされた……。皆殺しですか」

驚きを隠さぬ虎丸に、柳沢はうなずく。

信じた虎丸は、小太郎たちを守りたい一心で、

「その役目、受けます。やらせてください」

と言って頭を下げる。

見下ろした柳沢は、僅《わず》かな笑みを浮かべ、すぐに、真顔となる。

「では、葉月家の下屋敷へゆけ。すでに竹内たちは向かわせておる」

「下屋敷に詰めていた者もですか」

「その者どものことは、竹内が集めているはずじゃ」

虎丸は立とうとして、気になったことを口に出した。

「現れた賊は、どう呼ばれとるかご存じですか」

「命を取られなかった荷船屋が言うには、一味の頭は、かつて江戸で恐れられていた川賊大将だ」

「川賊大将……」

復唱して畳を見つめる虎丸に、柳沢が鋭い目をした。

「その顔は、知っておるようだな」

虎丸は柳沢を見た。

「名前だけです。七年前に、尾道の知り合いの商人が、江戸で荷を奪われたいうてようり《言ってい》ました」

柳沢はうなずく。

「その七年前から江戸には現れなくなっていたのだが、戻ってきおったようじゃ」

「恐ろしい剣の遣い手じゃとも、聞いとります」

「怖気《おじけ》付いたか」

虎丸は、闘志みなぎる目を柳沢に向ける。

「どがなもん《相手が誰》じゃろうと、捕まえてやりますよ」

柳沢は目を見たまま、富永に牢を開けさせた。

「身なりを整えてやるがよい」

そう言って立ち去る柳沢に応じた富永は、配下を呼び、虎丸に湯浴みをさせ、月代《さかやき》を整えるよう命じた。

風呂《ふろ》に入るのはいつぶりか。

ゆっくり温まりたいが許されるはずもなく、急かされて身体を洗い、風呂から上がると月代を剃《そ》られた。

着物も新しい物を与えられ、こざっぱりと支度を終えた虎丸は、見送る富永に頭を下げ、門前から走り去った。

出てきた柳沢が、道を走る虎丸の後ろ姿に含んだ笑みを浮かべる。そして、控えている富永に顔を向け、

「分かっておろうな」

そう言うと、富永は頭を下げた。

「仰せのとおりに、万事整えてございます」

見られている気がした虎丸は、立ち止まって振り向いた。

柳沢邸の門前には、誰もいない。

前を向いた虎丸は、下屋敷に行く前に、気になっている武蔵屋に走った。川賊の評判を集めることに加え、警鐘を鳴らすためでもある。

三寒四温が続く近ごろの、温に向いたこの日は、走ると汗ばむ陽気の中、町を行き交う人たちは皆、幸せそうに見える。今自分が置かれている立場がそうさせるのかもしれないが、そもそも人が好きな虎丸は、笑っている顔を見ると嬉しくなる。その反面、うつむいてたたずんでいる者や、しかめっ面をして道を急ぐ者を見ると気になって、つい振り向いてしまう。

鯉姫に言わせれば、お人好《ひとよ》しの馬鹿なのだろうが、広島城で初めて会った五郎兵衛に涙を流された時も、助けてやりたいと思った。

そんな五郎兵衛たちと過ごした日々を思いながら歩く虎丸は、皆のためにも川賊を退治し、罪を免じてもらおうとこころに決めた。

その前に、小太郎だ。

武蔵屋に行くと、店の前に活気はなかった。

声をかけて中に入ると、小太郎は帳場にいた。

三和土《たたき》を歩むのに顔を向けた小太郎は、頭巾《ずきん》を被《かぶ》っていない虎丸のことをじっと見て、上がり框《かまち》まで出てきた。

「今日は、頭巾はよろしいので」

不思議そうに言う。

虎丸は、探る目を向けた。

「わしの顔を覚えとったんか」

すると小太郎は、含んだ笑みを浮かべる。

「お顔を拝んだのは、舟で流された虎丸様をお助けして以来ですから、今思い出しやした。こうして改めて見ると、品のあるお顔ですね。少しお痩《や》せになりやしたか」

「いろいろあったけえの。話しゃ長《なご》うなるけ、わしのことはええ。それより、川賊大将が出たらしいの。頭の荷船は襲われてないか」

小太郎は表情を一変させ、悔しそうに言う。

「昨日やられたばかりです。客の大事な荷物を奪われました」

「死人は」

小太郎は首を横に振る。

「川賊大将は、命だけは取らないのが信条のようですがね、船頭はここをやられてますよ」

胸を押さえて訴える姿に、虎丸は顔をしかめた。

「胸を怪我したんか」

「そうじゃなく、こころが傷ついてます。川賊大将は恐ろしいほど剣の腕が立ちますから、芸当のように着物だけ切られて素っ裸にされたあげく、空の荷船で気を失っているところを大勢の人目にさらされやした。今日も恥ずかしくて町を歩けないと言って家に籠《こ》もってますよ、可哀そうに」

「命があっただけ、えかったと思うしかない。川賊改役は、皆殺しにされたんじゃろう」

「ことごとくやられたとは聞いていますが、命を落とされたというのは知りやせん。でも言われてみれば、川賊改役の早船を見ませんね」

腕組みをして納得する小太郎に、虎丸は言う。

「公儀が、恥じゃけ事実を隠したんじゃろう。わしらが必ず捕まえるけ、それまで用心してくれ」

小太郎は不思議そうな顔をした。

「わしらとおっしゃいますと」

「葉月家のもんと川に出て、賊を必ず捕らえる」

身代わりを知らぬ小太郎は、嬉しそうな顔をした。

「芸州虎丸様と葉月家が動きなさるとは、何より心強い限りだ。仕事仲間も安心するでしょうから、教えてやりますよ。手前も一肌脱ぎやしょう」

どうやら小太郎はまだ、葉月家のことを知らないようだ。虎丸は言わないことにして、小太郎のことを心配した。

「相手が川賊大将じゃけ、頭は関わらんほうがええ。それより、近々大きな仕事はあるか」

「実を言うと今日ありやしたが、昨日のことがありやしたんで、荷船は危ないと客が言いだして、荷車屋に取られちまいやした」

「ほうか、そりゃあ商売に響くのう」

「まったくです。ですが客の気持ちを思うと、あきらめるしかないですよ」

「賊はわしらが捕まえちゃる」

小太郎は眉間《みけん》に皺《しわ》を寄せた。

「今日にでも出てくれりゃいいんですがね、川賊大将が出たってんで、大川は荷船がめっきり減っていますから、現れないかもしれやせんよ」

「狙うもんはどこで見ようるか分からんけ、油断はせんでくれ」

「へい」

「仕事が入ったら、葉月家の下屋敷まで知らせてくれ。頭の船はわしらが守る」

「そいつはありがたいんですがね、この先も、大口の荷を運ぶ仕事がなくなっちまったんで、自慢の早船で人を運ぶ商売を細々はじめたところです」

「そりゃほんまか」

「ええ、川賊大将はそれほどに、江戸じゃ恐れられているんです」

「ほいじゃあ、江戸湾を見張ったほうがええか」

「おっしゃるとおり大船は動いておりやすから、賊が次に狙うとすれば、そっちかもしれませんぜ」

「分かった、そうしてみるよ。邪魔したの」

「もう行かれるので？　久しぶりにいらっしゃったんですから、ゆっくりして行ってください。昼飯でも一緒にどうです」

「葉月家の下屋敷に行くけぇ、また次の楽しみに取っとくよ」

　行こうとした虎丸を、小太郎が止めた。

「大川を渡るなら、丁度船が出ますんで乗って行ってください」

「おお、ええんか」

「もちろんですとも。行きやしょう」

小太郎は印袢纏《しるしばんてん》を取り、番頭に店をまかせて出てきた。

裏の船着き場に行くと、早船で待っていた信《のぶ》がいち早く気付き、不思議そうな顔をした。

「頭、お客さんですか」

「馬鹿、よく見ろ。芸州虎丸様だ」

顔を覚えていない信は目を見張り、船のそばにいた秀《ひで》と康《やす》、そして謙《けん》たちが驚いて寄ってきた。

「頭巾をしなくてよろしいんで」

訊いてくる秀に、虎丸は笑顔でうなずく。

「もういらんようになった」

「そりゃまた、どうしてです」

「隠さんでもようなったけぇの」

理由を言わずそうはぐらかすと、小太郎が気を使ってくれ、秀を黙らせた。

皆が応じて船に乗り込む。

「さ、乗ってください」

「うん」

遠慮なく乗せてもらった虎丸は、大川に出て足を速める小太郎自慢の早船の舳先に立ち、川風を感じながらあたりを見回した。

「頭、やっぱり船はええの」

「久しぶりですかい」

「まあの」

「おいみんな、久しぶりの虎丸様だ、気合を入れて漕《こ》げ」

「おう」

声を揃えた信たちが櫂《かい》を漕ぐ力を増し、船はさらに足を速めていく。

この時虎丸は、少し離れたところをゆっくり進む猪牙《ちょき》舟がいることに気付いていたが、乗っている者のことは気にも留めなかった。

その猪牙舟から、軽快に進む小太郎の船を見ているのは城島だ。

「お頭、あれが武蔵屋の早船で、舳先に立つ者と話しているのが、あるじの小太郎です」

藤七からそう言われた城島は、小太郎と話をしている若者を見据える。

「ではあの者が、芸州虎丸とやらか」

「そのとおりで、葉月家の若殿に化けていたふてぇ野郎ですが、お頭を捕らえるよう命じられたそうです」

「強そうには見えぬが、腕くらべといこう。船上の闘いでどちらが勝っているか世に知らしめてやれば、御家再興が叶う。藤七、支度を怠るな」

「承知」

城島を乗せた猪牙舟は、小太郎の早船とは反対に舳先を向け、静かに大川をくだってゆく。両者のあいだを屋形船が横切り、中から三味線の音が聞こえてきた。

三

小太郎の早船が、本所の船着き場に滑り込んだ。

降りた虎丸は大川を見渡して、小太郎に向く。

「頭が言うたとおり、荷船がおらんのう」

「淋《さび》しい景色でしょう。江戸の川とは思えませんよ」

「必ず捕まえるけ、待っとってくれ。送ってくれてありがとう」

「虎丸様、手前にできることはなんでもしやすんで、遠慮なさらずに言ってください」

虎丸は船を押して船着き場から離してやり、手を上げて見送った。そして船着き場から上がり、川沿いの道を下屋敷に急いだ。

ふと、船のことが気になり、大川のほとりにある葉月家の船蔵に寄ってみた。戸を開けて中に入ると、升介《ますすけ》が残してくれた自慢の早船は残されていたが、水から上げられたまま埃《ほこり》を被っていた。船底を調べてみると、水漏れするような隙間は見当たらない。今日にも出られると思い、下屋敷に急いだ。

門前に着くと、五郎兵衛が出迎えた。

「お待ちしておりました。若殿、ご無事で何よりです」

涙を浮かべて、抱きつかんばかりの勢いで駆け寄られた虎丸は、五郎兵衛の両肩をつかんだ。

「五郎兵衛も無事でよかった。はあ《もう》若殿じゃないけ、虎丸と呼んでくれ」

みんなもいるのかと言うと、五郎兵衛は暗い顔をする。

「それが、身代わりを企てた我らしかおりませぬ。他の者は、御家老の声がけに応じず、誰一人戻っておりませぬ」

虎丸は、納得した。

「そりゃそうじゃ。偽者に従うわけないよの」

肩を落とす五郎兵衛の背中を押して中に入り、母屋の部屋に行くと、竹内、伝八、六左、そして六左配下の新九郎《しんくろう》と弥太七《やたしち》がいた。

船に慣れた者は、誰一人いない。

虎丸はまず、竹内たちの無事と再会を喜び、さっそく車座になった。

「ここに来る前に、武蔵屋の小太郎から話を聞いた。川賊大将は、かなり手強そうじゃの」

虎丸がそう言うと、竹内はうなずいた。

「ここにおる者だけでは勝てませぬ」

決めてかかる竹内と、皆も同じ考えのようだ。

虎丸は言う。

「それでもやらにゃ、わしらに明日はない。せっかく出られたのに、また牢屋に入れられるで」

すると竹内が、真顔で見てきた。

「船を操れる者が若殿しかおらぬのですから、賊を追うことすらできませぬ」

伝八が口を挟む。

「待っていれば、誰か来てくれるかもしれません」

竹内は目を向ける。

「それは期待せぬほうがいい」

下を向く伝八を見ていた虎丸は、畳を見つめて言う。

「まあ、船は漕ぎゃ進む。七人おるけ、五郎兵衛が舵《かじ》を取ってわしらが息を合わせて漕ぎゃ、賊を追えるはずじゃ」

竹内に目を向けると、真顔で見返された。

「船を知り尽くしているお方の言葉とは思えませぬ。口で言うほど容易《たやす》くないことくらい、わたしでも分かります」

「誰かいます」

庭を見た六左に言われて、虎丸は顔を向けた。だが、姿はない。

五郎兵衛が立ち上がり、廊下に出る。

「誰ぞおるのか」

すると、表玄関に向かう通路の角から、編笠を被った侍が出てきた。

「誰だ、笠を取って顔を見せぬか」

五郎兵衛が言うと、その者は編笠を取った。戸惑ったような顔を見せたのは、五色四郎だった。

「おのれ五色！」

叫んだ伝八が、刀をつかんで廊下に出た。

今にも抜きそうな伝八を、虎丸が追って止めた。

「伝八、下がっとれ」

「しかし……」

「ええけ」

虎丸は庭に下りるなり、四郎に向かって座り、両手をついた。

「こいつらのことは、はあ許しちゃってくれ」

頭を下げる虎丸に驚いた顔をした四郎は、戸惑いの表情となり横を向く。

「お前らのせいで、生まれ育った屋敷が空地にされてしまった。弟にはざまぁみろと言ってやったが……」

「おのれ！」

大声をあげた伝八が、庭に飛び下りた。

「待たぬか」

追った五郎兵衛に肩をつかまれ、押さえられた伝八が、放してくれと言っている。

四郎は不服そうな顔で伝八を見ていたが、頭を下げたままの虎丸に顔を向け、そして、廊下に出てきた竹内に言う。

「わしは、屋敷まで潰《つぶ》されるとは思わなかった。葉月家の屋敷をおぬしらから取り戻し、代々引き継いできた領地を守ろうとしたのだ。それがどうだ、柳沢にまんまと取り上げられた」

虎丸が顔を上げると、四郎は拳に力を込め、悔しそうな表情をしている。

四郎は虎丸に顔を向けた。

「柳沢を信じるな。今日は、それを言いに来た」

帰ろうとする四郎に、虎丸が言う。

「御大老格は、川賊大将を捕らえたら、わしらを赦免するとおっしゃった。それも嘘じゃ言うんか」

四郎は鼻で笑った。

「わしがそうであったように、うまく利用しようとしているに決まっている。馬鹿正直に役目を果たしても、言いがかりを付けられて殺されるぞ。川賊大将は剣の腕が立つと聞いている。奴も、柳沢の手駒かもな。悪いことは言わん。今すぐ逃げろ」

大真面目な顔でそう言うと、足早に出ていった。

虎丸は部屋に入り、あぐらをかいた。

集まった竹内たちがふたたび車座になり、五郎兵衛が言う。

「御家老、四郎の言うことをどう思いますか」

竹内はしばし考え、真顔を虎丸に向ける。

「川賊大将は、七年前に捕らえられたと聞いていました。その後のことは何も明かされず、月日が経つにつれて人々から忘れられましたが、ここに来てふたたび出たというのは、確かに偶然とは思えませぬ」

虎丸はうなずく。

「捕まったのに処罰を隠されとったのは、確かに気になるの。柳沢のたくらみだとすりゃ、川賊大将が出たのはわしらのせいになる。わしらのせいで、なんの罪もない荷船屋がやられるのは胸が痛い。みんな、ここに来る時、大川を見たじゃろ」

車座になっている皆がうなずいた。

虎丸は言う。

「荷船屋の者たちと、小太郎が困っとるのは確かじゃけ、たとえ四郎が言うことがほんまでも、わしは川賊大将をやっつけたい」

「船に慣れた者がおらぬのに、どうやって捕らえるおつもりですか」

竹内に言われて、虎丸は腕組みをする。

「そこよ、小太郎に聞く限りじゃ、川賊大将は手強いはずじゃ。船があっても、慣れたもんがおらにゃどうにもならん」

五郎兵衛が同調する。

「せめて、高里歳三《たかざととしぞう》と柴山昌哉《しばやましょうさい》だけでも、戻ってくれたらよいのですが」

「誰か居場所を知らんか。わしが頼んでみる」

虎丸が言うのを聞きつつ、竹内は六左を見ている。

「六左、言いたいことがあれば申せ」

すると六左は、戸惑った様子となりつつ、配下を促す。

新九郎がうなずき、竹内と虎丸を順に見て言う。

「本邸を明け渡した日に、弥太七と二人で下屋敷へ身を寄せていたのですが、高里殿と柴山殿は、若殿のことを怒っておいででした」

「騙《だま》しとったんじゃけ、怒って当然よ。どこにおる、顔を見てあやまりたい」

「それが、両名とも江戸にはおられません。駿河《するが》に領地を持つ旗本から誘われて、船手方として行かれました」

気を使ってか、その家の名を言わぬ新九郎に、虎丸はうなずく。

「仕方ないの」

誰も文句を言えるはずもなく、黙っている。

虎丸は、皆の顔を見回した。

「こうなったら、わしらだけでやるしかない。今から船を漕ぐ鍛錬をしに行こう」

真っ先に立ち上がると、皆も意を決した顔で続いた。

船を水に浮かべ、虎丸が乗り込んで漏れを確かめた。

「ええで」

手招きして乗るよう促し、櫂を漕ぐための振り分けをする。

船を大川に出し、虎丸が舵を取った。

竹内たち六人の漕ぎ手は、慣れなくとも必死に息を合わせて櫂を漕ぎ、なんとか船を走らせる。

だが、百戦錬磨の川賊大将の一味を追うには、船足が遅すぎる。それでも虎丸は、皆を励まし、翌日も、その次の日も川に出た。

雨と風が強い日も休まず鍛錬を重ね、十日がすぎた。竹内たちは、虎丸の厳しい指導に黙然と耐え忍び、手の豆が潰れても泣き言ひとつ漏らさず、ひたすら船を漕ぎ続けた。

船に慣れた頃合いを見て五郎兵衛に舵の取り方を教え、鍛錬を重ねる。

御家の再興を願う気持ちと、何より虎丸に手柄をあげさせたいという執念が、竹内たちをめきめきと上達させていく。そして、鍛錬をはじめて二十日がすぎる頃には、升介の船の優秀さにも助けられ、完璧《かんぺき》とはいかずも、それなりの速さが出るようになった。

工夫して賊の船に近づけさえすれば、自分が斬り込む。一人で戦うつもりの虎丸は、一日ほど皆を休ませ、下屋敷に入って二十二日目に、いよいよ川賊大将の警戒をはじめたのだ。

一斎から虎丸について報告を受けた筑前守は、渋い顔をした。

「川賊大将は、誰も倒せなかった男だぞ。そちはどう見る」

すると一斎は、険しい顔を横に振る。

筑前守はため息をついた。

「やはり、虎丸でも勝てぬと申すか」

「よくて、五分五分かと。何せ、旗本随一の槍《やり》使いと言われた熊井殿でも、敵わなかった男です」

筑前守は、記憶を辿《たど》る面持ちをして、一斎を見て言う。

「城島は、倒れた熊井にとどめを刺そうとした時に、母御の再婚相手と知って観念し、手柄をあげさせた。この話は、当時熊井の上役だったわしと、ごく一部の者しか知らぬことじゃ。熊井の妻女は、由緒ある家の者。その血を引く城島は命を助けられ、熊井家の領地に幽閉されておったはずだ。それが何ゆえ、江戸に戻ったのだ」

「分かりませぬが、これには裏がある気がします」

筑前守は、険しい眼差しを一斎に向ける。

「虎丸を手助けすれば、わしが潰されかねぬか」

一斎はうなずいた。

「こうなっては、見守るしかございませぬ」

「心配じゃ」

つい言葉に出た自分の気持ちに、筑前守は疑問を抱く。

「わしは、何ゆえここまで、あの者のことが心配でならぬのだろうか」

一斎は探る目を向ける。

「虎丸ではなく、月姫様のことが心配なのでございましょう。虎丸がこの世を去れば、月姫様が悲しまれましょうから」

筑前守ははっとした。

「虎丸が川に出たことは、決して月に知られてはならぬ。よいか、わし以外の者に言うてはならぬぞ」

厳しく命じ、いらいらして、部屋の中を歩き回る筑前守のもとに、小姓が来た。

「殿、紀州徳川家から文が届きました」

足を止めた筑前守は、いぶかしむ。

「紀州様が、わしになんの用があるというのだ」

小姓が差し出す文を受け取った一斎が、筑前守に渡した。

「下がれ」

「はは」

小姓が下がるのを待ち、文に目を通した筑前守は、愕然《がくぜん》とした。

「一斎、これをどう思う」

渡された文に目を走らせた一斎は、驚きを隠せぬ様子で読み進め、筑前守を見た。

「いかがいたしますか」

「それをわしが訊いておるのだ」

不機嫌に言われ、一斎は恐縮して考えた。そして、居住まいを正して言う。

「なんとも大胆な、一か八かの策でございますが、紀州様を信じて、よろしいかと存じます」

「分かった。そちも下がれ」

「お返事は、急いだほうがよろしいかと」

「うむ」

渋い顔の筑前守は、上座に戻ってあぐらをかき、一人で物思いにふける。しばらくそうしていたが、どうにも決心がつかぬ様子で、ふたたび部屋の中をうろうろした。

四

隠れ家にいる城島のもとに、藤七が帰ってきた。

その藤七から密書を渡された城島は、読み終えてほくそ笑む。

「芸州虎丸が動きはじめた。明日、奴らを海の藻屑《もくず》といたせば、大金が手に入るぞ」

集まっていた者たちが喜ぶ中、一人が言う。

「頭、おれたちはほんとうに、侍になれるのですか」

「おぬしたちは元々浪人ではないか。おれが川賊改役の頭になれば、直参旗本の家来だ。人の物を盗むのは、明日で終わりだ。役人になれば、もう誰からも、馬鹿にされずにすむぞ」

泣く者がいる。

手下を可愛がり、生んでくれた母を想う城島は、

「もう二度と、肩身の狭い思いはさせぬ」

そう自分に言い聞かせ、明日に備えた。

名家に生まれた城島の母は、世の習いで身分相応の家と縁談が決まった矢先に、好いた男と駆け落ちした。

城島の父となるその相手も、徳川将軍家に仕える身分だったが、屋敷が隣接する縁で、杉代と顔見知りになり、いつしか恋仲になっていたのだ。

二人は手を取り合い、何もかも捨てて逃げた。遠く離れた田舎の町に隠れ住んでいた二人は、食うに困ることもなく幸せに暮らしていたのだが、長くは続かなかった。杉代の父が出した追っ手に見つかり、夫の留守を狙って踏み込まれた。杉代は、五歳だった城島を残したまま、江戸に連れ戻されたのだ。

駆け落ちをしたことで、良縁はすでに破談されていた。だが杉代の父は、二人の

ことを認めなかった。身分が違うことに加えて、杉代と駆け落ちした城島の父が、川賊になり下がっていたからだ。

杉代は、夫が川賊で生計《たつき》を立てていたことを知らなかった。杉代の父は、娘を想いその事実を隠し、熊井家に嫁がせたのだ。

城島が母のことを知ったのは、三十二歳の時だった。死病に冒された父親がこの世を去る直前に、熊井家にいることを教えてくれた。

無理矢理離された時の、母の泣き叫ぶ姿を覚えていた城島は、一目会いたいと願うも、行動には移さなかった。なぜなら、父から川賊の頭を引き継いだ後は、江戸でも仕事をするようになり、川賊大将と呼ばれるまでになっていたからだ。

城島は父に事実を知らされた時から、母は熊井家で子に恵まれ、幸せに暮らしているはずだと思い込んでいた。会えばその幸せを壊すことになる、そう思い、足を向けなかった。

皮肉にも、己を捕らえに来た役人が熊井だと知った時、城島は自分が杉代の息子だと打ち明け、観念したのだ。

そうと知った熊井は、杉代からすべて聞いていたと教えてくれ、涙を流した。そして、領地への幽閉が決まり江戸を離れる前に、一度だけ、母と会わせてくれたのだ。

母のために質屋で頭を下げる熊井の、小さくなってしまった背中を思い出した城島は、城島家を再興し、二人を安心させるところに決め、気を引き締めた。そして、集まっている者たちに言う。

「明日戦う相手は、公儀を騙した大罪人だ。遠慮はいらぬ、斬って手柄をあげるぞ」

「おう」

手下たちの士気が高まり、部屋は熱気を帯びた。

五

「若殿、今朝柳沢様の手の者が、これを届けてくれました」

五郎兵衛から渡されたのは、愛刀の芸州正高《げいしゅうまさたか》だった。

今日から川賊退治をはじめると知り、返してくれたのだ。

二刀を腰に帯びた虎丸は、土手の上で人と会っている竹内を気にした。

程なく竹内は、船着き場に降りてきて、虎丸に真顔で近づく。

「若殿、由々しきことを得ました」

「今のは誰なん」

「公儀の役人です。情報と共に、これを届けてくれたのです」

そう言うと、虎丸に近づき耳打ちをした。

虎丸は目を見開き、竹内を見る。うなずく竹内。しばらく思案した虎丸は意を決した表情をすると、気を引き締めて船に乗った。

「行くぞ」

竹内たちが声を揃えて櫂を漕ぎ、早船は大川をくだりはじめた。

漕ぎ手が疲れないよう、ゆっくり進む船が永代橋《えいたいばし》の下を通りすぎた時、突然上から、飛び下りてきた者がいた。

驚いた虎丸は櫂を置いて立ち上がり、思わず芸州正高に手をかけた。すぐに鯉姫と翔だと分かり、手を離して言う。

「何をするんなら、船の底が抜けとりゃせんか」

本気で心配したが、水漏れはしていない。

「水臭いね」

鯉姫はそう言って笑みを浮かべるが、虎丸は、舵をにぎる五郎兵衛に、船を岸に寄せるよう命じた。

鯉姫が不服そうな顔をする。

「せっかく助けに来たのに」

「お前に何かあれば、判太郎に顔向けができん」

「あんたのためじゃない。恩人が死んだら、うちが幸せになれんけ来たまでよ」

翔が虎丸に歩み寄る。

「生きて帰ったら、判太郎さんと一緒になる約束をしたんです」

こっそり教えたつもりが、川風に負けない声なのでまる聞こえだ。

鯉姫が頭をたたき、

「言うな言うたじゃろ。はよ《早く》漕ぎんさい」

と言って翔に櫂を持たせ、漕ぎ手のあいだを抜けて船尾に行くと、五郎兵衛に代わって舵を取った。

「虎丸、あんたは目がええけ、見張りをしんさい。何しょうるんみんな、はよ漕ぎんさいや」

早くも頭気取りの鯉姫に応じた竹内は、櫂をにぎった。

伝八と六左、新九郎と弥太七もそれにならい、翔の声に合わせて漕ぐ。

虎丸が鯉姫に言う。

「危ない思うたら、逃げぇよ」

「あんたらと一緒にね」

鯉姫はそう言い、笑みを浮かべる。

虎丸も笑った。

「鯉姫がおったら千人力じゃ」

竹内たちにそう言い、前を向いた。


海風が強くなり、虎丸を乗せた船は大川から出た。

右手に鉄砲洲《てっぽうず》を見つつ進み、甲府《こうふ》浜屋敷《はまやしき》の森が遠く望める場所に来ると、湾に停泊する大船から荷を運ぶ船が増えてきた。

川賊大将を恐れ、鉄砲洲と築地《つきじ》に荷揚げして、そこから荷車で運ぶためだ。

警戒を怠らぬ虎丸が怪しい船に気付いたのは、甲府浜屋敷を後方にした頃だった。

一隻の大船から降ろされた荷を運ぶ荷船に、三艘《そう》の早船が向かっている。

「鯉姫！」

「見えとるよ」

言わずとも、鯉姫はそちらに舵を取っていた。

「みんな、鍛錬どおり頼む」

虎丸に応じた竹内たちが、力強く櫂を漕ぐ。

その上達ぶりは、翔を驚かせ、慌てさせている。

船足はぐっと速くなり、風が周囲の音を消す。

「来たぞ」

荷船を襲おうとしていた城島は、聞いているとおりに現れた早船にほくそ笑む。

そして、手を振って合図した。

手下の船が荷船を離れて二手に分かれ、虎丸の船を挟み撃ちにかかる。

「来るで！」

左右から迫る船を順に見た虎丸は、竹内に顔を向ける。

心得た、という顔をした竹内が、手元に置いている弓を取り、矢を番《つが》えて、右から迫る賊に狙いを定めるなり放った。

刀を抜き、勇んでいた賊の腕に矢が刺さり、川に落ちた。

弓術に優れた竹内は素早く次の矢を放ち、的を外すことなく賊の足を射貫《いぬ》き、三の矢は別の賊の肩をとらえ、戦意を削《そ》いでいく。

「鯉姫、正面に突っ込め」

虎丸は、舳先に立って差配をした城島を、大将と見定めていた。

弓を使う竹内にかわって五郎兵衛が櫂を漕ぎ、鯉姫は正面突破するよう舵を操る。

竹内は、左から迫る賊に向けて矢を放っている。

虎丸は前を向き、下がって身構える。

「虎丸！　待って！」

鯉姫が止めようと舵を切るも、虎丸は走り、舳先を蹴《け》って飛んだ。

常人が届くはずもない距離を物ともせず跳躍する姿に、城島は唖然とした。

「おりゃあ！」

気合をかけた虎丸が、飛びながら抜刀した小太刀を打ち下ろす。

城島は抜刀しざまに小太刀を受け流し、着地して船の中で前転する虎丸の背後に迫る。

「むん！」

背後から幹竹《からたけ》割りに打ち下ろされた一刀を、虎丸は見もせずかわし、漕ぎ手の肩を踏んで飛び、宙返りをして城島の背後を取った。

軽業師のごとく船上で動く虎丸にかかっては、城島の剛剣も空を切るばかりだ。

手下が加勢し、櫂を大刀に持ち替えて襲いかかってきた。

虎丸は二刀流で応戦し、一人を峰打ちにして海に落とし、二人目が斬りかかってきた一撃を右手の小太刀で受け止め、左の小太刀で脇腹を打つ。

激痛に顔をしかめた手下が下がり、果敢に迫って刀を打ち下ろすも、虎丸は弾《はじ》き上げ、胸を蹴って海に飛ばした。

じっと見ていた城島が、出ようとした手下を止め、対峙《たいじ》した。

「芸州虎丸、噂に違《たが》わぬ凄腕《すごうで》だな」

虎丸は、見据えて問う。

「柳沢に命じられたんか」

城島は答えのかわりに斬りかかってきた。

足を払う一撃を飛んでかわす虎丸。

城島はすかさず刀身を転じ、着地を狙って一閃《いっせん》した。

刀身が伸びたように見えた虎丸は、辛うじてかわしたものの、袖を斬られ、船縁《ふなべり》に追い詰められた。

城島は逃さず、鋭く突く。

小太刀で打ち払えども、迫る城島の肘《ひじ》を顔面に食らった。

海に落ちそうになったが、海老《えび》反りになって耐える虎丸の正面で、城島が刀を振り上げる。

船縁を転がるようにしてかわした虎丸。その左側で、城島は船縁に当たる寸前で刀をぴたりと止め、刃を虎丸に向けるやいなや、縁を滑らせて一閃させた。

小太刀を立てて受け止めた虎丸であるが、力負けして飛ばされた。仰向けになった目の前に、手下が刀の切っ先を向け、突き下ろす。

転がってかわした虎丸は、手下の足首を峰打ちしてすくい、海に落とした。

「あの馬鹿」

見ていた鯉姫が、窮地を救わんと船を着けようとするも、左右から迫った船にぶつけられ、手下たちが乗り込んできた。

五郎兵衛や伝八、六左たちが応戦し、乱闘となった。船に慣れない葉月家の者たちは押され、六左が海に落とされた。

竹内が目の前の賊に矢を放ち、肩に刺さった賊は海に落ちた。

六左は水面《みなも》に顔を出し、竹内に無事だと言っている。

安堵した一瞬の隙を襲われた竹内は、弓を切られた。

そばに置いていた大刀をつかむ間もなく攻撃された竹内は、咄嗟に抜いた脇差しで刃を受け止めた。だが、大刀を持つ賊の力が勝り、額に刃が迫る。

それを見た鯉姫が、竹内を押し斬ろうとしている賊を横から蹴り飛ばし、海に落とした。

「かたじけない」

礼を言う竹内に、鯉姫は真顔でうなずき、

「やられたよ」

そう言って船底を顎《あご》で示す。

乗り込んできた賊どもは海に落としたものの、乱闘の中、櫂を捨てられてしまっていた。

「これじゃ動けん」

手下を乗せた船は、虎丸を先に倒そうと離れていく。

「待て！」

鯉姫は叫び、飛び移ろうとしたが、翔が止めた。

「一人じゃ無理だ」

放せと言ったが、翔はつかんでいた手を強く引く。

そのあいだにも、櫂を失った早船は流され、虎丸を乗せた船から離れていく。

一人で五人を相手に戦う虎丸は、襲いかかってきた手下たちを打ちのめし、城島と対峙した。

虎丸の凄《すさ》まじき闘いぶりを見ても、城島は顔色ひとつ変えぬ。

大刀の切っ先を下げた構えは、まったく隙がない。

この頃になると、多くの船が集まり、船乗りたちが野次馬根性で見ている。

離れた船から声は聞こえず、海風もやみ、静かだった。

虎丸は、右足を出し、左右の手ににぎる小太刀を胸の前で立て、守りの構えで対峙している。

城島は鋭い目を向け、気合をかけた。

斬り上げると見せかけた動きに、虎丸が敏感に釣られた。

城島は刀身を転じて振り上げ、

「えい！」

渾身《こんしん》の力を込めた一撃を打ち下ろした。

だが、目の前から虎丸が消え、空振りした。

城島が顔をしかめた時には、背後を取られている。

振り向きざまに斬らんとし、右手で刀を振るおうとした城島であったが、船縁を蹴って飛んでいた虎丸の二刀が、太鼓を打つがごとく、背中に打ち下ろされた。

船底にたたきつけられた城島は、痺《しび》れる身体に呻きながら、仰向けになった。

立って見下ろす虎丸に、ひとつ大きな息を吐いて問う。

「今の技は、なんだ」

「村上海賊伝来の、双斬《そうざん》だ」

城島は、痺れて動かぬ身体に涙を浮かべた。

「わしは、母を残して死ぬわけにはいかん」

「だったら答えろ、柳沢に命じられたんか」

「病を患う母を安心させたい一心で、旗本にしてやるという柳沢様の誘いに乗った。公儀を騙したおぬしの首を取れば、それが叶うはずだったのだ」

「わしは、川賊大将を倒せば許すと言われとる」

城島は驚き、すぐに笑いはじめた。ひとしきり笑った後で、真顔を向けて言う。

「どうやら、二人とも騙されたようだな。わしもおぬしも、柳沢にとっては捨て駒。どちらが勝利しようと、のこのこ戻れば殺す腹に違いない」

城島は痺れが取れてきたらしく、背中の痛みに顔を歪《ゆが》めて呻いた。

虎丸は、動こうとする城島に小太刀を向け、転がっている城島の刀を海に捨てた。

「もう二度と、川賊をやらんゆうて約束するなら、逃がしちゃる」

起き上がった城島は、近づこうとする手下の船を手を上げて制し、足や腰を痛めながらも見ていた手下たちに顔を向けた。

「この者たちは、わしにそのかされて手を貸しただけだ。逃がしてくれるなら、二度と悪さはせぬ」

城島は虎丸の目を見て、頭を下げた。

手下たちも、神妙に頭を下げた。

小太刀を鞘に納めた虎丸は、手下たちに船を漕がせ、漂流している鯉姫たちのところへ寄せさせた。

櫂を半分ほど、鯉姫たちが乗る船に投げ入れた虎丸は、城島に言う。

「わしはどこで見ようるか分からんけぇのう。約束を破ったら、次は許さんけそのつもりでおれぇよ」

声を聞いた五郎兵衛が焦った。

「若殿、見逃しては、あなた様が柳沢様に咎《とが》められますぞ」

虎丸は五郎兵衛を見て、笑みを浮かべた。

「戻っても殺されるか。せっかく升介の船があるんじゃけ、このまま逃げようかの」

五郎兵衛は苦笑する。

「それはいい考え。そうできると、よいのですが」

虎丸は笑ってうなずき、皆が待つ船に乗り移ろうとした、その時、一発の銃声がとどろいた。野次馬で集まった多くの荷船や小舟の中から狙われたのだ。

撃たれた虎丸は、海に落ちた。

「虎丸！」

叫んだ鯉姫が飛び込もうとするが、翔が止め、代わって飛び込んだ。

城島も虎丸を助けようとするが、別の船に乗っていた藤七が叫ぶ。

「頭、軍船が来ます。早く乗って」

捕まれば、己も命はない。

城島は、泡立つ水面を見て舌打ちし、藤七が横付けした船に乗り移って逃げた。

筑前守が焦った顔で、月姫がいる奥御殿へ急いでいる。

廊下の先から歩いてきたお圀の方が、不思議そうな顔をして声をかけた。

「殿、慌てられて、いかがされたのですか」

「月に言わねばならぬことがある、村上虎丸のことじゃ。そなたもまいれ」

強く手を引かれて、お圀の方は驚いた。

「痛い。殿、何があったのですか」

「いいから来い」

筑前守はお圀の方の手を引いて、廊下を走った。

六

尾道にいる夢を見ていた虎丸は、瞼《まぶた》を開けた。

ぼんやり霞《かす》む視界に、青空が見える。

顔をのぞき込んできた白髪の男が、

「もう大丈夫」

と言って、優しそうな笑みを浮かべた。

誰かと思いつつ、虎丸は意識が朦朧《もうろう》としながらも起き上がろうとするが、後ろから肩を押さえられた。

顎を上げて見ても、ぼんやりしてよく見えない。

なんとなく女だと分かり、鯉姫か、と言おうとしても声が出ず、また、意識が遠のいた。

次に目をさました時は、天井が見えた。木目もはっきり見える。

どこかと思い起き上がると、桜色の打掛けが掛けられ、女が虎丸の手をにぎって眠っていた。すぐに月姫だと分かり、目を見張る。

「なして……」

わけが分からなかった。

鉄砲で撃たれたことを思い出し、着物の前を開けて見た。綿の晒《さら》しが巻かれ、右胸に血がにじんでいる。

触ってみると、ちくりとした。大きく息を吸えば、胸に痛みがはしる。

早船で出る前に着けた胸当てのおかげで、傷が浅くて助かったのだ。

だが、弾を受けた衝撃で気を失い、それからどうなったのかまったく分からない。

虎丸はふたたび、月姫を見た。

「どういうことじゃろう」

右手に伝わる月姫の温《ぬく》もりが、夢ではないことを教えてくれた。

大きく揺れ、今いるのが船だと分かった。大波を受けたことが、ここが外海だと想像させる。

揺れで目をさました月姫が、虎丸を見て涙を浮かべ、いきなり抱きついてきた。

「よかった」

そう言った月姫は、腕の中で虎丸を見上げる。

美しい瞳《ひとみ》に見つめられた虎丸は、胸の痛みなど忘れて、天にも昇る気持ちだ。

「いつまでも、そばに置いてください」

月姫にそう言われて、虎丸は我に返った。腕を持ち、身体を離して訊く。

「この船は、どこに向かっているのです」

「紀州だ」

声がしたほうに顔を向けると、段梯子《だんばしご》から若侍が下りてきた。

家紋も入らぬ軽装の若侍が誰なのか、虎丸は分からなかった。

月姫が居住まいを正して、両手をついて平伏した。

「月殿、楽にするがよいぞ」

「おそれいりまする」

月姫は透き通るような声で応じ、うつむき気味にしている。

若侍は、虎丸に顔を向けた。

月姫の態度から、身分ある者と分かった虎丸は、正座しようとしたが止められた。

「そのまま楽にしておれ。傷は痛むか」

「いえ、公儀のどなたかが届けてくださった胸当てのおかげで、助かりました。あれはひょっとして、あなた様が届けてくださったのですか」

「うむ」

竹内が川賊退治に出発する前に土手で話していた公儀の役人は、この若侍の使いだったのだ。

「撃ったのは雑賀《さいか》衆随一の鉄砲の遣い手ゆえ、的は外さぬ」

虎丸は目を見張った。

「胸当てを狙《ねろ》うて撃ったんですか」

若侍はうなずいた。

「なしてです」

「なしてとは、どういう意味じゃ」

「ご無礼。何ゆえですか」

若侍は爽《さわ》やかに笑い、うなずく。

「そうでもしなければ、そちが死んだことにできぬゆえな。あばらが一本折れたそうじゃが、許せ」

虎丸は頭が混乱してきた。

月姫を見ても、若侍を向いてうつむいたまま黙っている。

「村上虎丸」

「はい」

顔を向けると、若侍は真面目な顔で言う。

「そなたは、この吉宗が預かることとなった」

虎丸は頭が真っ白になった。紀州、吉宗、といえば徳川吉宗。登城した際に遠目に見ただけで、顔をはっきり見たのは今が初めて。

突然のことに呆然《ぼうぜん》とする虎丸に、吉宗は笑って言う。

「紀州で、しっかり傷を治すがよい。二人の今後のことは、わしにまかせてくれ」

月姫に優しい顔で言った吉宗が、部屋から出ようとした。

虎丸は両手をついた。

「お待ちください紀州様、わしは咎人です。このことが知られれば、ご迷惑がかかります」

吉宗は虎丸の前に戻り、穏やかな顔で言う。

「申したであろう。そちは吉宗が預かることとなったのだ。むろん、上様もご承知じゃ。柳沢には、村上虎丸は撃たれて死んだと伝えた。上におる者たちにも、二度と手を出させぬ」

「竹内殿と、五郎兵衛殿たちのことです」

教えてくれる月姫に驚いた虎丸は、改めて、吉宗に両手をついた。

「お助けくださり、ありがとうございます。生涯、恩に着ます」

「うむ。その言葉、忘れるなよ」

吉宗は嬉しそうに笑い、出ていった。

二人きりになった虎丸は、言葉に迷った。まともに顔を見ることができぬ。

落ち着いて、気になることを訊いた。

「姫、また屋敷を抜け出して来たのですか」

　月姫は首を横に振り、

「父が行けと、紀州様の船までお送りくださいました」

　遠慮がちに言う。

　虎丸は驚きを隠せぬ。

「なして、いや、どうして、わしのような者のところに」

「妻ですから」

「しかしわしは、定光殿ではない」

「村上虎丸様の、妻です」

　月姫は目を見てそう言った。膝に置いている手に、力を込めている。

　虎丸は思わず、その手をつかんだ。

　互いに見つめ合い、微笑む。

　月姫の瞳が潤んだ。

「目をさまされて、ようございました」

「わしは、どれだけ気を失っていたのです」

「今日で、五日になります」

「そのあいだ、世話をしてくれたのですか」

月姫はうなずいた。

「ほんまに、わしでよいのですか」

月姫は、虎丸を見つめた。

「虎丸様の妻に、なりとうございます」

虎丸は月姫を抱きしめた。見つめ合い、唇を重ねようとしたが、気配に顔を向ける。

「こそこそすな」

そう言うと、段梯子から慌てる声がしたかと思えば、六人の男たちが転げ落ちてきた。

五郎兵衛が腰を痛がり、伝八と六左、新九郎と弥太七が笑って誤魔化し、竹内は真顔で横を向いている。後から下りてきた高島が、怒った顔で言う。

「だからおやめなさいと言うたのです。いいところを邪魔したではありませぬか」

虎丸と月姫に見られていることに気付いた高島が、ばつが悪そうな笑みを浮かべた。

虎丸が笑い、月姫も笑った。

竹内が居住まいを正し、五郎兵衛が改まって言う。

「お二人は今日から、正真正銘、我らのあるじ。殿、奥方様、どうか末永く、お願い申し上げまする」

「お願い申し上げまする」

皆が声を揃え、頭を下げた。

虎丸は、月姫と並んで正座した。

「よろしゅう頼む。二度と、乗った船は沈めん」

この翌年、虎丸は吉宗に召し抱えられた。

竹内や五郎兵衛たちの家族も密かに江戸を離れ、紀州で暮らしている。

そして、虎丸が紀州にいることを鯉姫から知らされた判太郎は、買い取っていた葉月家本宅の材木を自ら差配して運び、虎丸が賜っていた土地に再建した。

その手際のよさに驚いた虎丸は、感謝し、恩と金はいずれ必ず返すと言った。

だが判太郎は笑って、

「お代はもういただきましたよ」

そう言うではないか。

判太郎はちゃっかり、虎丸に力を貸していたと吉宗に名を売り込み、出入りを許されていたのだ。

こうして、吉宗の家来になった虎丸は、船手方として重用され、竹内たちと力を合わせて紀州の海を守った。

夏の晴れた日に、軍船の舳先に立って紀州の白浜《しらはま》を見ていた虎丸は、海原に目を向けた。

あるじ吉宗の命《めい》で、これから尾道にゆくのだ。

虎丸の横に、竹内が並んだ。

「養父殿に、男《お》の子が生まれたことをご報告できますね」

「うむ。名を授けてもらおうと思う」

「それはよいお考えかと」

互いに日に焼けた顔を見合わせ、笑みを浮かべた。

軍船は尾道に向け、船足を速めてゆく。

本書は書き下ろしです。

再興《さいこう》への道《みち》

身代《みが》わり若殿《わかどの》 葉月定光《はづきさだみつ》7

佐々木裕一《ささきゆういち》

令和3年 3月25日 初版発行

発行者●堀内大示

発行●株式会社KADOKAWA
〒102-8177 東京都千代田区富士見2-13-3
電話 0570-002-301(ナビダイヤル)

角川文庫 22604

印刷所●株式会社暁印刷
製本所●本間製本株式会社

表紙画●和田三造

ISBN 978-4-04-109282-8 C0193

◇◇◇

角川文庫発刊に際して

角川源義

第二次世界大戦の敗北は、軍事力の敗北であった以上に、私たちの若い文化力の敗退であった。私たちの文化が戦争に対して如何に無力であり、単なるあだ花に過ぎなかったかを、私たちは身を以て体験し痛感した。西洋近代文化の摂取にとって、明治以後八十年の歳月は決して短かすぎたとは言えない。にもかかわらず、近代文化の伝統を確立し、自由な批判と柔軟な良識に富む文化層として自らを形成することに私たちは失敗して来た。そしてこれは、各層への文化の普及滲透を任務とする出版人の責任でもあった。

一九四五年以来、私たちは再び振出しに戻り、第一歩から踏み出すことを余儀なくされた。これは大きな不幸ではあるが、反面、これまでの混沌・未熟・歪曲の中にあった我が国の文化に秩序と確たる基礎を齎らすためには絶好の機会でもある。角川書店は、このような祖国の文化的危機にあたり、微力をも顧みず再建の礎石たるべき抱負と決意とをもって出発したが、ここに創立以来の念願を果すべく角川文庫を発刊する。これまで刊行されたあらゆる全集叢書文庫類の長所と短所とを検討し、古今東西の不朽の典籍を、良心的編集のもとに、廉価に、そして書架にふさわしい美本として、多くのひとびとに提供しようとする。しかし私たちは徒らに百科全書的な知識のジレッタントを作ることを目的とせず、あくまで祖国の文化に秩序と再建への道を示し、この文庫を角川書店の栄ある事業として、今後永久に継続発展せしめ、学芸と教養との殿堂として大成せんことを期したい。多くの読書子の愛情ある忠言と支持とによって、この希望と抱負とを完遂せしめられんことを願う。

一九四九年五月三日

角川文庫ベストセラー

もののけ侍伝々

京嵐寺平太郎

佐々木裕一

江戸で相次ぐ怪事件。広島藩の京嵐寺平太郎は、幕府の命を受け解決に乗り出す羽目に。だが事件の裏には、幕府に怨念を抱く僧の影が……三つ目入道ら仲間の妖怪と立ち向かう、妖怪痛快時代小説、第1弾！

もののけ侍伝々2

蜘蛛女

佐々木裕一

将軍家重側近の屋敷に巨大な蜘蛛の妖怪が忍び込む怪事件が発生。京嵐寺平太郎は、天下無敵の妖刀茶丸、三つ目入道、白孤のおきんらと解決に乗り出すが背後には幕府滅亡を企む怪僧の影が……シリーズ第2弾！

もののけ侍伝々3

たたり岩

佐々木裕一

「貴様の里を焼き払ろうてくれる」そう言い残し消えた巌道。故郷の心配をしつつ、次々に舞い込む化け物退治の依頼を、妖怪仲間と共に解決するが、ついに故郷から一大事を知らせる手紙が……どうする平太郎！

もののけ侍伝々4

怪刀平丸

佐々木裕一

将軍家に献上する刀が、赤く怪しい光を放ち将軍・家重を襲う！ 京嵐寺平太郎は〝妖刀茶丸〟を携え駆けつける。これも幕府滅亡を目論む真之悪太郎の仕業なのか。やがて刀と悪太郎の意外な過去が明らかに！

もののけ侍伝々5

もみじ姫

佐々木裕一

大名の側室となり国許から江戸へ出た庄屋の娘・もみじ。よく尽くす娘だったが、正室の千代は辛い仕打ちをする。それが恐ろしい厄災を招くとは知らずに。その国許に魔物が現れると聞いた京嵐寺平太郎は……。

角川文庫ベストセラー

高家表裏譚1
跡継
上田秀人

幕府と朝廷の礼法を司る「高家」に生まれた吉良三郎義央（後の上野介）は、13歳になり、吉良家の跡継ぎとして将軍にお目通りを願い出た。三郎は無事跡継ぎとして認められたが、大名たちに不穏な動きが――。

高家表裏譚2
密使
上田秀人

幕府と朝廷の礼法を司る「高家」に生まれた吉良三郎義央は、名門吉良家の跡取りとして、見習いの役目を果たすべく父に付いて登城するようになった。だが、そんな吉良家に突如朝廷側からの訪問者が現れる。

武士の職分
江戸役人物語
上田秀人

表御番医師、奥右筆、目付、小納戸など大人気シリーズの役人たちが躍動する渾身の文庫書き下ろし。「出世の重み、宮仕えの辛さ。役人たちの日々を題材とした、新しい小説に挑みました」――上田秀人

恋道行《こいのみちゆき》
岡本さとる

初めて愛した女・おゆきを救うため、御家人崩れの男を殺した絵草紙屋の若者・千七。互い以外は何もいらない――。逃避行を始めた2人だが、天の悪戯か、様々な事情が絡み合い、行く先々には血煙があがる……！

恋道行《こいのみちゆき》〈二〉
岡本さとる

鬼政一家に追われる千七とおゆき。助け助けられ逃げるうち、おゆきが知らぬ間に持たされていた書付が大金の在処を示すものだと気がつく。だが、鬼政達や横取りを企む与力らもその場所を探り当てていて……。

角川文庫ベストセラー

隠密同心

小杉健治

隠密廻り同心のさらに裏で、武家や寺社を極秘に探索する隠密同心。父も同役を務めていた市松は奉行から密命を受け、さる大名家の御家騒動を未然に防ごうと捜査を始める。著者が全身全霊で贈る新シリーズ！

おとっつあん
八丁堀赤鬼忠孝譚

小杉健治

孤児を引き取って育てる篤志家と、彼を親の仇とつけ狙う若き侍の浅からぬ因縁——『父からの手紙』の小杉健治が、親と子に通う情を軸に、さまざまな人生模様が交錯するさまを描き出す人情時代ミステリ！

面影
八丁堀赤鬼忠孝譚

小杉健治

訳あって祐源が引き取った亮吉だったが、死んだ父親の親友だという男が現れた。父親の面影をおって、『忠孝園』を出た亮吉だったが……親と子供、家族の様々な形が描かれる、感動の時代小説。

償い
八丁堀赤鬼忠孝譚

小杉健治

忠孝園の支援者、米沢検校にあらぬ疑いがかけられ、忠孝園が存続の危機に!! 伊八朗は食い扶持を稼ぐため、金貸しの用心棒になったことから、大きな事態に巻き込まれていく——。感動のシリーズ第3弾！

向島・箱屋の新吉

小杉健治

28歳の新吉は、向島で箱屋をしている、女たちの目を引く男だった。ある日、「桜屋」の主人の絞首体が見つかった。同心は自死と決めつけていたが、新吉は現場に手拭いが落ちていたことから他殺を疑い……。

角川文庫ベストセラー

お江戸やすらぎ飯　鷹井　伶

幼き頃に江戸の大火で両親とはぐれ、吉原で育てられた佐保には特殊な力があった。体の不調を当て、症状に効く食材を見出すのだ。やがて佐保は病人を救う料理人を目指す。美味しくて体にいいグルメ時代小説！

お江戸やすらぎ飯
芍薬役者　鷹井　伶

人に足りない栄養を見抜く才能を生かし、料理人を目指して勉学を続ける佐保。芍薬の花のような美貌の人気役者・夢之丞を、佐保は料理で救えるか――？　美味しくて体にいいグルメ時代小説、第2弾！

刃鉄《はがね》の人　辻　堂　魁

刀鍛冶の国包は、家宝の刀・来国頼に見惚れ、天稟の素質と言われた武芸の道をも捨てて刀鍛冶の修業にのめり込んだ。ある日、本家・友成家のご隠居に呼ばれ、ある父子の成敗を依頼され……書き下ろし時代長編。

不義
刃鉄《はがね》の人　辻　堂　魁

刀鍛冶・国包に打刀を依頼した赤穂浪士。だが男は受け取りに現れることなく、討ち入りした四十七士の中に、その名は無かった。刀に秘された悲劇、そして国包が見た〝武士の不義〟の真実とは。シリーズ第2弾。

あらくれ
刃鉄《はがね》の人　辻　堂　魁

刀鍛冶・国包の仕事場に、異形の巨漢が現れた。団十郎に憧れるその男、世間では〝かげま団十郎〟と呼ばれる旅一座の座長だった。自身が持つ朱鞘の小さ刀と同じこしらえの大刀を打ってほしいというのだが――。